시를 찾아 떠나는 여행

시를 찾아 떠나는 여행

—

초판 1쇄   2019년 8월 16일
지은이   용혜원
펴낸이   김영재
펴낸곳   책만드는집

—

주소   서울 마포구 양화로3길99 4층(04022)
전화   3142-1585·6
팩스   336-8908
전자우편   chaekjip@naver.com
출판등록   1994년 1월 13일 제10-927호
ⓒ 용혜원, 2019

—

—

ISBN   978-89-7944-698-2 (03810)

용 혜 원
시   집

시를 찾아
떠 나 는
여   행

제89 · 90시집

책만드는집

여행을 떠날 때

지난 일을 던져버리고 마음을 몽땅 싸가지고 떠나라
마치 다시는 안 돌아올 듯이
여행을 떠날 때는 미련 없이 떠나라

사는 날 동안 천천히 여유를 갖고
즐기며 살아야 후회가 없다
여행을 하는 동안 잠시 잠깐의 시간에도 행복해라

커피를 마실 수 있는 여유 속에
아침에 붉게 뜨는 태양을 마주하고
느긋하게 붉은 저녁노을을 볼 수 있는 낭만을 즐겨라

우리가 얼마나 많이 알고 살까
우리가 얼마나 잃어버리고 살까
우리가 얼마나 즐기며 살까
우리는 얼마나 행복하게 살까

여행은 텅 빈 마음으로 떠나야
충만한 마음으로 돌아갈 수 있다
여행을 떠나면 떠나온 길은 점점 멀어지고
가야 할 길은 점점 더 다가온다

가슴에서 가슴으로 만나는 풍경 속으로
정에서 정으로 만나는 사람들 속으로 고풍스러움과
현대 속에서 만나는 문화 속으로 풍덩 빠져 들어가고
맛과 맛으로 만나는 음식 속으로 들어가야
즐겁고 신바람 나는 여행이 된다

| 차례 |

2부 푸른빛이 가슴에 물들어 온다

미국과 캐나다 여행길에 피어난 시

1부 여행은 나에게 새로운 선물을 가져다줄 것이다

2부 다시 새로운 여행을 꿈꾸며

여행 속에서 만난
독일

제89시집

여행은
서로를 마음속으로
읽어가는 것이다

여행 1

외로울 때 여행을 떠나라
행복할 때 여행을 떠나라
떠나고 싶을 때 떠나라
인생은 다시 돌아오지 않는다

떠날 곳이 있고 가야 할 곳이 있어
여행은 시작되고 돌아올 곳이 있어서
여행은 끝을 맺는다

하늘만큼 큰 그리움 땅만큼 큰 그리움
사무치는 그리움 속에 여행은
삶 속에서 주어지는 무척 아름다운 시간이다

짧지만 단출하게 떠나는 여행도
순간순간마다 설렘이 있고
기대 속에 감동과 행복의 연속이다

아직 보지 못한 곳을 찾아
낯익은 곳에서 낯모르는 곳으로

나그네의 마음으로 걸으며
낯선 얼굴들을 만나는 여행은
대단한 흥미를 갖게 만든다

덧없이 흘러가는 세월 속에
영영 지워지지 않을 추억을 찾아
눈길과 발길과 마음의 길의 찾아
떠나는 여행은 즐겁고 멋지다

살던 곳에서 잠시 이별을 고하고
굽이굽이 흘러가는 강물처럼
여행을 즐길 수 있는 사람은
참 행복한 사람이다

여행 2

여행에서 만나는 사람들은
모두 다 떠나는 사람들
떠나가는 사람들이다

낯선 사람들과 만나
날이 갈수록
친숙해지는 것이 여행이다

삶이라는 여행도
서로 모르던 남녀가
만나 사랑에 빠져
날이 갈수록 친숙해지고
서로 얼굴까지 닮아가는 것이다

여행은 모르던 것을
서로 마음의 교신을 하며 알아가는 것
여행은 선명하게 서로 배워가는 것
여행은 서로를 마음속으로 읽어가는 것이다

여행은 결국 틀에 박혔던 삶에서
틀을 떠나 나를 새롭고 풋풋하게
찾아가는 시간이다

한 잔의 커피
– 인천공항 라운지에서

세월은 속절없이 흘러가는데
어디서 온 사람들일까
어디로 가는 사람들일까

구멍 난 아픔으로
고달픈 인생살이 가쁜 숨결로
견디고 견디며 살아왔기에
늘 갈증이 나는 힘겨운 삶의
목마름에 모질게 살아왔기에
한 잔의 커피를 청한다

흘러가는 시간 속에
흘러가는 삶을 밋밋하게 살기 싫어
가슴에 고인 그리움 어찌할 수 없어
여행을 떠나며
아메리카노 한 잔에 목을 축인다

새로운 것을 찾는 사람들
피곤이 턱밑까지 차올라

지루한 일상을 훌훌 벗어버리고 싶은 사람들이
여행을 떠난다

삶의 외로운 비탈을 떠나
여행 속에 쉼과 마음의 정돈을 얻고
또 새로운 열정으로 눈물겹도록
삶을 뜨겁게 살고픈 사람들이
어느 날 훌쩍 여행을 떠난다

루프트한자 독일 항공

늘 자국 항공사인
대한항공으로 여행을 하다
모처럼 독일 여행은
독일 항공으로 선택했다

어떤 기분일까
어떤 느낌일까
손에 잡힐 듯 아른거리며
가슴 뭉클한 만남이 사뭇 기대가 된다

낯선 것은 익숙하지 않은
조금은 어색함도 있지만
다른 한편 호기심을 갖게 만든다

오랜 비행 동안 어떤 생각을 할까
어떤 책을 읽을까
어떤 음악을 들을까
기내식은 어떨까
승무원들을 만나는 것도 기분 좋은 일이다

어느 곳에서나 최선을 다하면
기대감을 충족시켜주고
사람들은 만족하는 것이다

긴 비행 속에 어느 사이에
피곤이 차곡차곡 쌓이더니
힘들고 지쳐 잠들고 말았다

루프트한자 기내식

루프트한자 독일 항공 기내식은
정말 맛깔나고 깔끔한 맛이었다

마치 고급 레스토랑에
초대된 손님같이
대접받는 기분이 들었다

신선한 빵과 채소
맛있는 고기가 잘 어울리는
기내식이었다

맛있는 기내식을
먹을 수 있다는 것은
여행자로서는 행운이다

한국인을 위해
고추장과 배추김치가 나왔는데
김치 맛은 장인이 담근 맛이었다

기내식 처음부터
마지막 코스까지
마치 축하일을 맞이한 듯
아주 맛있는 식사를 했다

독일로 가는 비행기 안에서

비행기가 아주 높은 고도를
기류를 타며 날아가는데
사람들은 모두 다 자유롭다

높은 산보다 더 높은 고도에서
마치 평지인 양
편안히 쉴 수 있다니
현대 문명과 기술이 놀라울 뿐이다

인천공항에서 프랑크푸르트공항까지
열한 시간 반이 넘도록
최고 속도로 날아간다

비행기 안은 온통 낯선 사람들
아내밖에 아무도 모른다
어차피 인생은 타향살이 아닌가

사람들은 모든 것을 잊고
식사를 하고 커피를 마시고

책을 읽고 음악을 듣고 영화를 보고
게임을 하고 대화를 나누며
마치 여느 날처럼 일상적인 행동을 한다

인간은 참으로 놀라운 존재다
늘 새로운 것을 만들고
자신들이 만든 것들을 이용하며
즐길 수 있는
아주 놀라운 힘을 가지고 살아간다

머큐어 호텔

스포츠카를 마음껏 몰고 싶어 하는
속도광들이 좋아하는
아우토반을 두 시간 반 달려서
머큐어 호텔에 도착했다

고속도로를 스쳐 가는 길목에서
눈으로 만나는 들판과 집들이
평화롭게 보이고 정겨웠다

여행사는 도시 안의 좋은 호텔보다
도시 밖의 호텔에서 묵게 만든다
돈도 적게 들고 여행의 시간을
그만큼 더 쓸 수 있기 때문이다

더운 여름날 호텔에서 로비에
준비해놓은 아이스크림 케이크 하나가
친절함의 표시로는 괜찮았다

아주 큰 호텔이나 고급 호텔은 아니지만

여행자에게 잠과 휴식과 안정을 주고
다음 날 여정을 떠날 힘을 주었다

편히 쉬려고 이불 속을 파고든다
잠은 삶의 다정한 벗이다

호텔에서 하룻밤 단잠을 자고 나면
힘들고 무거운 저녁에서
싱그럽고 가볍고 상쾌한
여행자의 기대가 가득한 아침을 만난다

머큐어 호텔 조식

떠나간 밤의 단잠이
피로를 아주 멀리 떠나보냈다

호텔 조식은 각종 소시지와 야채샐러드
연어, 계란, 빵이 함께
잘 어우러진 식단이다

낯선 사람들과 얼굴을 익혀가기 위해
따뜻한 시선의 인사를 나누며
먼저 진한 커피 한 잔으로
빈속을 씻어 내린다

시원한 당근주스와
에스프레소 한 잔을 더하니
기분이 상쾌하다

먹기 위해서 산다
살기 위해서 먹는다
어떤 말이든 이 아침은 좋다

오늘 이 시간 낯선 여행지에서
아침 식사를 할 수 있는 것은
아주 기분이 좋은 일이며
축복과 행복이 함께하는
추억에 남을 시간이다

아우토반

사람들은 누구나 질주하고 싶은
욕망을 가지고 있다고 한다
독일의 고속도로 아우토반을
신나게 질주하는 멋진 차를 보았다

아우토반을 질주해나가는
차를 보고 있노라니
운전면허 없는 나도
한순간 달려보고 싶다는
질주 욕망이 가슴에서 일었다

기회가 된다면
아주 멋진 스포츠카를 타고
아우토반을 신나게 질주하고 싶다
그동안 살아온 시간을 뛰어넘어
새로운 경험을 하고 싶다

나는 지금 인생이라는 아우토반을
날마다 전력 질주하며 살고 있다

튀빙겐 구시가지 1

볼 것이 많은 곳 젊음을 만날 수 있는
튀빙겐으로 가는 길에서
눈에 띄는 붉은 지붕의 집들이 아름답다

독일의 유명한 튀빙겐대학과
헤르만 헤세가 일했던 서점이 있는 건물도 있다

구시가지는 아무 데서나 보지 못할
옛 모습을 그대로 간직하고 있어
관광객들의 발걸음이 찾게 만들고
관심과 호기심을 불러일으켰다

유명한 작가 헤겔이 공부한 곳이고
괴테가 『시와 진실』 3권까지 기록한
오래된 건물을 만났다

풍화된 역사는 시들고 기억조차 메마르지만
아픈 얼룩과 고통의 흔적도
보존된 역사는 늘 살아서 움직이고 있다

튀빙겐 구시가지 2

튀빙겐 구시가지를 돌아보며
잘 찾아왔다는 생각과
함께 유명한 작가들을 금방이라도
만날 것 같은 반가움이 가슴에 가득해
보이지 않던 역사의 인물들이
머릿속을 확 스쳐 지나가며 살아났다

어느 여행지를 가든지
세월의 구김과 거품의 허상은 사라지고
진실이 오래도록 남아 있다

세월이 흘러가며 만들어놓은
옛것을 잘 보존하고 지켜나가는
나라가 발전하고 부유한 나라가 된다

새로운 것만 받아들인다고
좋은 것이 아니라
어제가 있기에 오늘이 있는 것이다

튀빙겐 구시가지
오고 가는 길에 만나는
독일의 농경지에는 목초가 잘 자라며
따스한 햇살에 목욕하고 있었다

마르크트광장

15세기 건물들을 만날 수 있는
마르크트광장 역사는 흘러가도
새로운 사람들이 모여 장이 열렸다

여행하며 시장을 돌아보면
그 맛과 재미가 쏠쏠하다
갖가지 과일, 꽃, 온갖 채소가
산지에서 찾아와 싱싱한 자태를 뽐내며
손님을 찾아 선을 보이고 있다

장을 돌아보니 먹고 싶고
사고 싶은 것들이 너무 많다
방울토마토, 블루베리, 산딸기,
당근, 사과, 배를 보고만 있어도
입안에 침이 가득해진다

몇 가지를 사서 먹어보니
입안 가득히 싱그러운 향기와 맛에
행복해 웃음이 절로 나온다

눈길 따라 발길 따라
돌아본 마르크트광장
15세기 건물들은 부동산이 아니라
움직이는 동산이었다고 한다

이사 가고 싶으면
언제든지 건물을 그대로 뜯어서
이사 간 곳에서 다시 조립했다고 한다

수많은 역사는 흘러가도
남은 건물들이 그 시대의
가슴에 기막힌 사연들을 전해주며
늘 변함없이 서 있다

더듬더듬 찾아다니는 역사의 고향 길
진종일 사람들로 붐볐다

네카어강

강폭이 작은 네카어강이
아주 정겹게 흐르는
아름다운 모습에 매료되었다

따스한 햇살이 흘러가는
강물을 다독여주는 강에는
강바닥을 긴 대나무로 찍고 가는
배가 신기하게 보였다

물과 물이 연이어 쫓아가며
네카어강 변에는 두 아름쯤 되는
아주 오래도록 외로움도 잘 견딘
큰 플라타너스가 줄지어
흘러간 세월을 버티고 서 있다

잔디밭에는 온갖 곳에서
모여든 사람들이 서로 목말랐던 이야기로
담소하며 즐거운 시간을 보내고 있다

강이 굽이굽이 흘러가는
강변의 벤치에 앉아
세월도 날짜도 잊어버리고
피곤도 던져버릴 수 있는
휴식을 취할 수 있음이 행복이다

강기슭에는 아주 오래된 독일풍으로
오래 역사를 덮고 있는
각양각색의 집들이 세월을 잘 지켜온
자부심을 한껏 자랑하고 있다

네카어강 변의 아름다움은
내 마음의 추억의 갈피 속에
오래도록 넣어두었다 꺼내보고 싶은
아주 멋진 풍경을 선물해주었다

호엔촐레른가 지크마링겐

변화무쌍하고 변덕스러운 세월 속에
한 왕가의 흥망성쇠 속에는
헛소문도 가득하고
희로애락 속에 수많은 이야기들이 전해져 온다

한 세대 찬란한 권력과 부를
지니고 누렸던 왕가의 성
그 시대 최고의 권력과 부를
새삼스레 화려함 속에 전해주고 있다

화려함 속에 있었던 애증과
숨겨진 아픔과 흐느낌도
세월 속에 가려지고 남겨진 유물들만
사람들의 시선을 끌어당긴다

침실, 옷장, 접견실, 식당, 무도회장
하나씩 문을 열고 들어가 보면
왕가의 움직임을 그대로 엿볼 수 있다

수많은 방들이 신성한 침묵 속에
최고의 부를 상징하는 갖가지 화려함을
장식하고 있지만
한편에는 아픔과 고통이 더했을 것이다

왕족의 권세를 지키고 넓히려고
모든 자녀들을 다른 나라 왕족과
결혼시켰지만 행복과 불행은
늘 엇갈리고 결국 삶은 무상하다

왕의 성에는 흐르는 역사 속에
왕가의 안쓰러움이 그대로 고여 있는데
화려함 뒤에 사라진 긴 역사를
짧은 토막으로 듣고 보고 있는데
진실한 바람 한 가닥이 내 가슴에 불어왔다

역사의 건물 앞에서 감동하는 까닭은
흘러간 역사 속에서도 살아남아
진실을 전달해주기 때문이다

가르미슈파르텐키르헨 구시가지

옛 전통을 간직한 오래된 도시에는
수많은 손길과 정성이 닿은
아끼고 사랑하는 마음이 있다

여행을 하며 고단함 속에서도
옛 건물들을 보면 힘이 나고
오래된 것들의 보일 듯 말 듯 한
속마음을 엿보는 재미가 있다

화려한 역사나 고통의 역사나
고이고 썩던 세월도 흘러가면
사람들에게 전해지는 역사가 된다

아픔과 고통과 부끄러움과 죄스러움도
사람들은 역사를 만들고 보존하고
지키고 발전해나가기를 원한다

가르미슈파르텐키르헨 구시가지 정원에서
2015년 세계 정상들이 회담을 하고

기념사진을 찍고 정원에서 파티를 했다

잊어버릴 수도 있던 살아 있는 전설이 된
아주 오래된 나무는 세월의 흐름만큼이나
정겨움과 친숙함을 전해주고
한 걸음 한 걸음 정원을 산책하노라면
마음에 평안이 찾아온다

오래된 정원의 나무 한 그루 한 그루가
오랜 세월의 울림을 전해준다
삶의 진한 감동의 의미를
다시 한번 가슴에 새기며
살아 있는 실감을 만들어보고 싶어
혀끝에 남아 있던 말 한마디 하고 싶었다
"참 아름답다!"

아틀라스 그랜드 호텔

여행지마다 풍경과 건물을
미친 듯이 갈망하며 보다가
난생처음 500년 된 목조 호텔에서
고단한 몸 좀 쉬이고 싶어
하룻밤을 머물게 되었다

우리나라 이조시대에
독일에 이런 호텔이 있었다니
시대를 뛰어넘는 찬란한
건축 문화에 찬사를 보낸다

창밖을 바라보니
시간 여행을 온 듯
마치 옛날로 돌아간 듯한
풍경이 연출되고 있다

호텔은 모두 목조건물에
침대도 둘이 자기에 좁을 정도로 작았다
아주 오래된 유리 거울에 비친

얼굴을 보고 있으니
참 신비하다는 생각이 든다

이 고장은 호텔에 머물러도 좋고
거리를 산책해도 좋은 곳이다

호텔은 작은 불편함도 있었지만
이런 호텔에 여장을 풀 수 있다는 것만으로
여행의 재미가 있고 만족을 더할 수 있다

여행지에서 잠은 피곤을 풀어주는
꿀맛이고 여행길을 가볍고 편하게 만든다

도나우강 보트하우스 레스토랑에서

여행은 떠나오지 않으면
가 닿을 수 없는 곳을
찾아갈 수 있어 좋다

도나우강이 고요하게 흐르는 강변
바로 옆에 위치한
보트하우스 레스토랑에서
점심 식사를 한다

강가에는 푸른 나무들이
줄지어 서서 바라보고 있고
흐르는 강물 위에는 사람들이
보트를 타고 물줄기를 따라 흘러간다

여행자의 눈은
각양각색의 상상을 하며
항상 흥미로움과 재미를 찾아 나선다

점심 식사로 신선한 샐러드와 빵 등이 나와

한 끼 식사로는 맛있고 좋았다

강변에는 은퇴하여 노년을 즐기는
노인들의 건강한 모습들이 많이 보이고
도로에는 자전거를 타는
신선한 눈빛이 마주쳐 참 좋았다

린더호프성

세월의 손때가 잔뜩 묻은
린더호프성을 찾아 둘러보니
먼 이야기가 가까이 다가온다

세월의 갈피에서 흘러내리는
역사 이야기를 들으면
실감이 나고 흥미에 흥미를 더하게 된다

헛된 꿈을 좇아
40대에 정신병에 걸려
호수에 빠져 죽었다는 어둡고 칙칙한
왕이 살던 전설 같은 성에는
이끼가 낀 어두운 절망의 그림자가 짙다

왕을 정신병으로 진단했던
의사마저 호수에 빠져 죽었다고 한다
이야기를 일부러 만든 것은 아닌지
문득 의구심이 생겨난다

다른 유럽의 성처럼 큰 규모는 아니지만
분수와 갖가지 조각과
계단과 계단이 잘 이어지는 어울림 속에
정원과 함께 잘 조성되어 있다

성 안에는 침실, 음악방, 서재, 식당,
접견실이 제각각으로 독특하게
잘 구성되어 있다
방의 크기가 대부분 작았으나
제일 큰 방은 침실이었다

아름다운 성에 난데없이 비바람 몰아치는
불길한 전설 같은
무거운 절망의 왕 이야기가
역사의 발자국을 남겨놓았다

아름다운 이야기가 아닌
슬픈 역사를 전해 들으니
문득 인생이란 안타까움의 연속이라는 생각이 든다

BMW박물관

독일은 세계적으로 유명한
명품 자동차의 나라답게
박물관을 찾아온 사람들로 몹시 붐볐다

아주 오래된 마차를 개조한
자동차를 볼 수 있었고
각종 멋진 자동차들이 진열되어
눈길을 끌며 호기심을 자극한다

운전면허도 없고 자동차 소유욕도 없던
나도 클래식 자동차를 보자
이런 차는 한번 갖고 싶고
타고 달리고 싶다는
충동이 강하게 일었다

차곡차곡 쌓인 시간들이
지나온 자동차의 역사를
한눈에 보여주고 있다

시대별로 변화를 가져온 자동차들을
보노라니 자동차라고 하기보다는
정교하고 아름다운 예술품이었다

상점에서 모형 차를 사는 사람들도 많았고
사람들의 눈길은 더욱 강하게
차를 소유하고 싶은 욕망으로 살아났다

나도 멋진 차에 탑승하여
아우토반을 달리고 싶다는 생각이
머릿속을 스치고 지나갔다

뮌헨의 아침
－ 메리어트 호텔에서

그림자가 더 길게 늘어지더니
한밤중이 되었다

여행으로 지쳐 잠든 나를
아침 햇살이 흔들어 깨워
편안한 마음으로
뮌헨의 아침을 맞이한다

안개도 걷히고 구름도 떠나가는
아침이 있다는 것은
참 좋은 것이다

어제 걷고 또 걸어서
지치고 힘들었던
몸과 마음의 피로를
단잠으로 훌훌 떨쳐버렸다

새로운 기분으로

새날을 시작하고
기쁨과 감사로 하루를
새롭게 시작할 수 있어서 좋다

어제의 일들을
추억의 뒷장으로 넘겨버리고
오늘을 감동으로 만들고 싶다

아침은 기도하는 시간이며
절망에서 희망이 싹트는 시간이며
그리움이 쌓여가는 행복한 시간이며
새로운 출발의 시간이다

모닝커피를 마시며
새로운 하루를 시작한다

뮌헨

지난 세월의 흔적은 역사가 되고
덧없이 무너져 내리기도 하지만
고전이 되어 찾는 이들에게 다시 읽힌다

뮌헨은 아주 오래된 프라우엔성당과
시청사, 오페라 하우스 건물이 독특해
마음과 눈길을 끌었고
국립도서관도 만날 수 있었지만
책과 인사를 하지 못했다

슬픈 전설의 작가 전혜린이
수필 『그리고 아무 말도 하지 않았다』를
집필했다는 거리를 지나갔을 때
전혜린의 푸념도 불행도 스쳐 지나갔다

거리의 건물 중에는
베네치아 양식으로 만든 것도
볼 수 있어 마음이 배불렀다

세월의 바람에 밀려가는 길목에서
역사적인 인물들은 허공에 매달리다가
죽음의 적막 속으로 사라졌지만
그들이 남긴 역사적 유산들이
우리에게 말을 걸고 있다

살아 있는 역사는
우리에게 희망을 선물해준다

밤베르크대성당

주일날이라 신부가
집전하고 성도들이 동참하며
미사를 드리고 있었다

밤베르크대성당은 로마네스크에서
고딕으로 넘어가는 과정의 건축양식으로 지어진
독일의 대표적으로 유명한 성당이다

밤베르크대성당을 멀리서 바라보면
네 개의 첨탑이 건축미를 멋있게 살려준다

대성당에 들어가니
성가가 울려 퍼져 나가
내 귓가에도 가득해졌다
찬양하는 성가대원들의
음성의 조화가 아름답게 드러나고 있었다

성당의 크기만큼
하나님의 은총이 이곳 사람들과 나에게도

가득해지기를 간절히 기도드렸다

성당 안에는 걸작으로 보이는
각종 조각품이 곳곳에 전시되어
볼거리가 많았다

성당 옆 장미정원에는
장미꽃들이 각각의 색깔로
아름답게 피어나고 있었다

진한 장미꽃 향기를 맡으며
밤베르크 시내를 내려다보니
도시 전체가 한눈에 들어와
여행의 맛을 다시 한번 느껴보았다

밤베르크 구시가지

밤베르크 구시가지는 격랑의 세월을
버티고 살아나 깨어나고 있다
밤베르크를 여행할 수 있음이
삶 중의 축복이요 감사할 일이다

구시가지를 흐르는 운하에서 배를 타면
아름다운 건물을 조망하며
여행을 즐길 수 있다

인간은 눈으로 보고
입으로 맛보고 귀로 듣고
가슴으로 감동하며 기쁨을 느낀다

여기저기 쏘다니며 아름다움 속에서 걸으며
가슴 떨리는 기쁨을 만나고
오감을 행복하게 해주는 것이 바로 여행이다

여행 중에 함께하는 사람들 아름다운 건축물들
맛있는 음식들

모두 다 좋은 만남이다

여유를 갖고 좀 더 느긋하게
마른 길 젖은 길을 걸으며
밤베르크 구시가지를 돌다 보면
조각 동상을 만날 수 있고
성미카엘성당과 레그니츠강을 만날 수 있다

도시의 옛 건물들도
해묵은 시간을 말해주지 않고
오늘의 삶을 말해준다

여행은 오감을 자극하고 삶에 활력을 주고
삶에 아름다운 추억을 만들어놓는다
오늘의 역사는 끝이 아니라
새로운 역사 속으로 연속되는 것이다

메리어트 호텔에서 마시는 커피

하늘이 푸르고 맑은 아침
밤새 꿈 이야기 한 아름 가득한
메리어트 호텔에서
아메리카노 한 잔과
에스프레소 한 잔을 마신다

인생의 맛을
그대로 전해주는 커피를
아침에 마시는 상쾌함
기분이 아주 좋아진다

생각 속으로 빠져들며 마시는
아침의 한 잔의 커피에서
전해지는 삶의 의미가
가슴에 가득해진다

한 잔 속에 담긴
아주 멋진 이야기를 들으며
아침을 시작한다

즐거운 여행을 다시 꿈꾸며
마시는 커피는
유난스럽게 맛이 좋다

독일의 시골 마을

독일의 시골 마을은
한번 살아보았으면 하는
생각이 간절해질 정도로
평화스럽고 아름답다

호밀밭이 많고
붉은 지붕의 집들이
수십 가구씩 모여 살고 있다

마을마다 예배당이 있는데
십자가가 있는 붉은 지붕의 건물이
사람들이 모여 예배드리는 교회다

가끔씩 보이는 한가롭게
풀을 뜯어 먹고 있는 소들과
목초 창고들을 만날 수 있고
무리 지어 자라나는 나무들이
풍경과 잘 어울린다

들판은 해바라기밭, 목초밭,
호밀밭, 포도알이 영글어가는
들판이 펼쳐져 있다

나의 속마음은 독일 시골 마을의
붉은 지붕 집에서 방을 빌려
하룻밤을 꼭 자고 싶었다

드레스덴

－숲 속의 정원

19세기에 드레스덴은 작센왕국의 중심 도시
수도이며 아름답고 멋지고 웅장한 건물이
서로 자태를 다투듯 많이 세워졌다

아우구스트 왕 시절 도자기 제조에 성공했고
유럽의 갖가지 예술품이 모아지고
많은 사람들로부터 사랑받은 문화가 살아 있고
예술이 살아 있는 도시로 변모하여
사람들은 '엘베의 피렌체'라고 부르기를 좋아했다

여행을 하다 보면
전혀 몰랐던 역사의 인물들이
알 만한 얼굴로 다시 찾아온다

드레스덴에 2015년 뜻깊은 행사가 열려
한국광장이 만들어졌다
한국인 여행자로서 자부심을 느끼고
기분이 아주 좋았다

제2차 세계대전 때 비행기 공습으로 많이
파괴되었으나 한마음으로 복원하여
옛 모습을 다시 찾았다고 한다

아름다운 도시를 산책하는 것은
여행 중에 참 즐거운 일이다
드레스덴을 걷고 있는데
아이들의 자전거 행렬이 줄지어 지나갔다
아이들의 눈빛이 행복해 보였다

도시를 아끼고 사랑하는 사람들이 많아야
도시는 지켜지고 문화와 예술이 살아나
빛을 발하는 것이다
자국의 것을 아끼고 지키는 마음은
소중한 것이다

베를린 1

'곰'이란 뜻을 가진 베를린은
꼭 한번 와보고 싶은 도시였다

예전에는 슬라브족이 살다가
1100년경부터 독일인들이 들어와 살면서
정착을 시작했다고 한다

베를린은 15세기 브란덴부르크의 수도였고
18세기 초 프로이센왕국,
19세기 후반부에는 독일제국의 수도였다

제2차 세계대전 때 폐허가 된 도시를
프랑스의 르코르뷔지에 등 유명한 건축가들이
설계와 구성을 새롭게 하여
오늘의 현대적 도시의 모습으로
새롭게 변모하게 만들었다

독일은 동독과 서독이 통일되어
하나의 독일이 되었고
베를린은 발전에 발전을 거듭하고 있다

베를린 2

가로수가 아름다운 도시 베를린은
가봐야 할 곳이 많다

베를린을 보면 독일을 알 수 있고
그들의 삶을 엿볼 수 있다

깨끗한 도시 베를린은
어디를 가도 기분이 좋다

브란덴부르크문,
베를린 필하모닉 건물, 국립도서관,
포츠담광장, 소니 센터, 알렉산더광장,
소비에트연방 위령탑도 세 군데나 있다

베를린 주변은 숲으로 조성해서
맑은 공기가 도시로 들어오도록
공기 허브 벨트를 잘 만들었다

하루 종일 둘러보아도
다 볼 수가 없다

베를린장벽 1

벽은 모든 것을 가로막고
벽은 모든 것을 가두어놓고
벽은 모든 것을 소통하지 못하게 한다

잘못되고 필요 없는 벽은
모두 다 와르르 무너져
자유롭게 왕래하고 소통을 이루어야 한다

분단과 갈등의 상징이었던 베를린장벽
독일인들이 스스로 무너뜨리고
동서가 하나 되어 발전해나가며
풍성한 자유를 만끽하고 있다

나라를 나누고 민족을 갈라놓은 장벽을
국민 스스로 무너뜨릴
힘과 용기가 있다는 것은
나라를 사랑하고 민족을 사랑하는
마음의 단결이요
진정한 나라 사랑의 역동적인 힘이다

슈프레강 강변에는 아직도 상징적으로
베를린장벽이 남아 있어
분단의 아픔을 찾아볼 수 있다

수많은 관광객들이 찾아와
그 시대의 시련과 아픔을 눈으로 보고
마음으로 느낀다

자유의 힘을 잃으면
어디든지 벽이 세워지고
자유와 그 자유를 지킬 수 있는
정신과 힘이 있으면
벽은 무너지고 벽이 아닌 길이 되고
문이 되어 자유를 누린다

베를린장벽 2

벽이 있으면 속이 썩고
상처가 아물지 못한다

벽이 있으면 마음이 갈라지고
푸념에 넋을 잃는다

벽이 있으면 대화가 통하지 못하고
늘 맴돈다

벽이 있으면
점점 더 간격이 벌어져 멀어진다

쓸데없는 장벽은 무너져야 한다
한 나라 한민족에게는
장벽이 필요 없다

장벽이 없는 자유를 누려야
나라가 발전하고 사상이 발전하고
문화와 예술이 발전한다

엘베강

언덕에서 내려다보는 엘베강
독일의 강 중에
폭이 가장 넓어 보였다

엘베강은 독일에서
가장 자주 범람하는
강이라고 한다

강은 흘러가며 물을 공급하고
생명을 주고 양식을 주고
휴식을 주고 낭만을 선물한다

강은 삶을 만들고
사람들이 못내 웃고 우는
역사를 만들고 발자국을 만든다

엘베강 가에는
오랜 세월을 거쳐온
수많은 건물들이 흐르는 강물의
오늘의 역사를 바라보고 있다

포츠담광장

포츠담광장 사거리에는
수많은 사람들이 찾아와 걷는다

제2차 세계대전을 종식하려고 열렸던
포츠담회담의 장소이기에
전 세계의 관심을 받고 있다

포츠담은 독일의 수도 베를린에서
남서쪽으로 25킬로미터 떨어진 곳에 있고
수많은 성과 아름다운 정원이 있어
관광하기에 좋은 도시다

포츠담광장 서베를린 지역에서는
동베를린을 향해
자유를 외치는 소녀상을 볼 수 있는데
자유를 외치는 소녀의 목소리가
귓가에 쟁쟁하게 울리는 듯했다

포츠담은 브란덴부르크의 주도가 되었고

파괴되어 무너졌던 도시의 초기 모습을
찾기 위해 많은 노력을 기울여
도시를 아름답게 되살렸다

세계적인 역사의 현장에 서 있고
걸어보며 모든 것을 볼 수 있는 것이
여행의 묘미이며 여행을 하게 만든다

페르가몬박물관

페르가몬박물관은 독일에 있는
중동 지역 고대 유적 박물관으로
19세기 터키에서 유물 발굴단이
터키 유물을 가져와 전시하여
잘 알려진 유명한 곳이다

페르가몬은 터키 지역에서
헬레니즘 문화를 꽃피웠던 페르가몬왕국의
수도 이름이라고 한다

유물 전시장을 돌아보니
그 옛날에도 문화가 얼마나
고도로 발달했는가를 잘 알겠다

헬레니즘 예술의 아름다움을 전해주고
그리스신화에 등장하는
올림포스 신들과 거인족이 싸우는
모습을 상징하는 띠 모양 부조는
상상력을 동원하게 만들고 영감을 준다

페르가몬박물관의 유물들에는
이슬람 문화와 기독교 문화가
혼합되어 있는 것을 볼 수 있다

각종 조각들, 장신구, 그릇,
집 내부 구조, 성전 구조를 보며
고대 문화가 얼마나 대단하고
찬란했는가를 한눈에 알 수 있었다

앞으로 문화가 얼마나 찬란하게
발전할 것인가 기대가 된다

독일인

독일 사람들은
일을 빨리하는 것보다
정확하게 하는 것을 좋아한다

그 성격으로 인해 정밀 산업과
고도 산업이 발달되어
세계적인 기업들이 많고 또 발전하여
부강한 나라와 국민이 되었다

독일 사람들은 유대인을 학살한
범죄를 용서받기 위해
수많은 노력을 하고 배상하여
전 세계인들의 가슴에 용서라는
이름을 깊이 새겨놓았다

자신들이 한 일에 책임을 질 줄 아는
민족이 되어야
세계 속에서 인정받고 살아남고
후대 사람들에게도 떳떳한 조국의 정신을

물려줄 수 있는 것이다

독일을 여행하면서
전국 어디를 다녀도 잘 정돈되고
어느 나라보다 깨끗하다는
인상을 받았다

독일 사람들은 자국에 대한 자부심이
정말 대단하고 당당하다는 것을
분명하게 느낄 수 있었다

베를린장벽 야바위꾼

참으로 놀라운 역사의 현장
베를린장벽이다

수많은 사람들이 살아 있는
현장의 역사를 보며 깨닫고
감동하는 이 자리에도
눈속임과 손 기술로 주사위를 던지며
시선을 끌어모으는 이들이 있다

일고여덟 명이 한 조가 되어
아주 그럴듯하게 분위기를 조성하여
사람들이 흥미를 갖고 끼어들게 만든다

야바위꾼은 돈을 자꾸 잃어주는 척하다가
먹이가 걸려들면 그럴듯한 눈속임으로
돈을 다 따버린다

젊은이들이 얼굴이 아주 착해 보여
사람을 외모로만 알 수 없다는 것을

새삼 느끼며
약간 허탈한 마음으로 발길을 옮겼다

거리의 연주가

하얀 머리카락이 바람에
휘날리는 한 노인이
흘러간 노래를 멋지게 연주하고 있다

지나가던 사람들이
연주를 듣고 감동해 앞에 놓인
모자에 동전을 던져주고 지폐를 내려놓는다

모자에 동전과 지폐가 던져질수록
거리의 연주가는 기분 좋은 듯
얼굴에 웃음을 가득 담고
더욱 강렬하고 신나게 연주한다

우리는 모두 다 인생이란 거리의
무대에 서 있다
우리의 인생을 어떻게 연주할 것인가
우리는 어떤 배우가 되어
어떤 역할을 할 것인가

거리의 연주가도 사람들의 시선을 받고
모자에 돈이 던져지면
연주하는 동안은
그 누구보다 행복할 것이다

역사는 성이다

역사는 성이다
성을
쌓고
부수고
세우고
무너뜨리고
허물고
불태워 버리는 것이다

인간 역사의 한 부분은
굼뜬 날갯짓에 불과하다
인간 역사의 한 부분만이 견고한 역사다

성은 군력의 상징
부유함과 화려함의 상징
명예와 영광의 상징
권위의 위대함의 상징이다

견고한 역사만이 흔적을 남긴다

함부르크 1

엘베강 하구에서 110킬로미터
떨어진 곳에 있는 도시

고풍스러운 함부르크 시청을 보면서
옛 건축물의 아름다움을
마음에 오래도록 남도록 담는다

함부르크는 멘델스존과
브람스의 고향이며
외곽 마을에서 비스마르크가 태어났다

유명한 햄버거 가게에는
사람들이 줄 서서 순서를 기다리고 있다
함부르크 사람들은 햄버그스테이크를
즐겨 먹는다 하는데
일정상 맛보지 못함이 참 아쉬웠다

함부르크 2

성미카엘교회는
함부르크에서 가장 멋지고 고풍스럽고
아름다운 건축물이다

성당 내부에는 거대한
파이프 오르간이 설치되어 있고
설교단이 중앙 오른쪽에 서 있다

성당 종탑에 오르면
함부르크 시내를 한눈에
내려다볼 수 있다

알스터호수, 엘베강,
함부르크항구가 눈 안에 다 들어온다

자전거를 개량해 누워서
자전거를 타는 사람이 지나간다

삶을 즐길 줄 아는 사람들은

자기 스타일의 멋진 삶을 살아간다

여행을 하면 할수록 무지에서 벗어나
삶을 새롭게 느낄 수 있다

비 오는 브레멘

북해에서 70킬로미터 떨어진 도시
브레멘에 비가 내린다

롤란트석상, 마르크트광장,
시청사, 브레멘음악대의 동물상,
뵈트허거리가 있는 곳에 사람들이 웅성거린다

비가 오는 브레멘
비에 젖은 브레멘
여행자도 질펀해진 마음이
고독에 젖고 빠져든다

각색 우산을 쓴
여행자들이 거리를 걸어간다

베저강은 도시를 안고 흘러내리고
내리는 비에 11세기에 세워진
오래된 성당도 비에 젖고
거리도 사람들의 뜨거운 숨결도

모두 다 비에 젖는다

독일의 초대 항구 중의 하나인
브레멘에는 유명한 시장이 있고
르네상스시대의 건물을 만날 수 있다

비가 오는 브레멘
뭉게구름 아래
구김 없는 마음에
비치는 햇살이 참 예쁘다

고요에 젖은 옛 건물에는
진한 의미가 살아 있다

쾰른대성당 1

독일 하면 떠오르는
라인강이 흐르는 강변에
쾰른대성당이 놀랍도록 우뚝 서 있다

성당 안에는 예수 탄생 시
동방에서 찾아와 황금과 몰약과
유황으로 경배를 했던
동방박사의 유골이 있다고 해
참 신기하다는 생각을 했다

왜 이렇게 거대한 성당을 지었을까
하나님은 건물 안에 계시지 않는다고 하셨는데
왜 성전을 하늘 높이 지으려고 한 것일까

쾰른대성당은 건축의 시작부터
완공까지 600년이 걸렸다고 한다
성당의 높이는 157미터
성당 안의 길이가 144미터
건물의 웅장함이 독일을 대표하는 성당이다

인간의 만족하지 못한 욕구가
살아 있기 때문일 것이다
인간의 간절한 갈망이
살아 있기 때문일 것이다

하나님이 주시는 복음의 평안과
축복에 만족하지 못하고
눈에 보이는 거대함을 원하기 때문일 것이다

쾰른대성당 2

성당의 높이만큼
하나님의 은총이 이 땅에 가득했으면
얼마나 좋을까

성당 안 분위기가 참 좋아
기도를 드리고 촛불을 밝히고 싶은
충동이 일어난다

얼마나 많은 사람들이 이곳에서
그들 삶의 갖가지 문제들을
기도하며 응답받기를 원했을까

얼마나 많은 사람들이 이곳에서
그들의 상처에 주님의 손길이
와 닿기를 원했을까

저마다 하나님의 응답을 받고
감사하며 살았을 것이다

오늘도 수많은 사람들이 찾아와
신앙을 찾고 주님께 더 가까이
다가가기를 원할 것이다

이곳에 오고 간 사람들
모두 다 하나님의 구속의 은총을 받고
하나님의 행복을 이 땅에서
누리기를 간절히 기도한다

라인강 변에서 1

독일 하면 제일 먼저 떠오르는 강이
기적을 만든 독일을 상징하는 강
살아 있는 라인강이다

라인강은 쾰른의 중심을 흐르고
독일 곳곳을 적셔주는 심장 같은
물줄기 젖줄기가 살아 흐른다

독일의 산 역사를 지켜보고 함께하고
가슴에 담은 라인강은
독일인의 가슴속에서부터
오늘도 흐르고 있다

때로는 전쟁으로 핏물이 되고
때로는 환경으로 오염되고
때로는 슬픔과 기쁨이 되어
흐르고 흘러내리며
모든 것을 담담하게 받아들이고 있다

라인강은 독일인들에게는
아버지의 강으로
독일의 새로운 역사를 만들고
독일인들과 함께 지켜볼 것이다

강변에는 15세기 목조건물들이
아름답게 늘어서 있고
빌헬름 동상과 기사단의 동산이
멋지게 서 있다

여행이란 가고픈 도시를 다니며
이곳저곳 뒤적거리며
곰곰이 살펴도 보고
총총히 사라지는 것이다

라인강 변에서 2

상쾌한 겨울 날씨를
온몸으로 느끼며 라인강 변에 서 있다

위대한 음악가 브람스가 산책했다는
라인강 변을 내려다보며
그의 발길을 좇아 따라가 본다

라인강을 바라보니
나의 모든 한을 다 풀어줄 듯이
유유히 흘러만 간다

유럽의 생명줄인 라인강은
강변 주위의
포도밭과 아름다운 집들이
마음을 더 머물고 싶게 만든다

라인강은 오늘도
살아서 살아서
흐르고 흘러서 간다

홀리데이 인 호텔

여행 중에 산뜻하게 자고 일어나
간단하게 산책을 하고
아침 식사를 할 때면
왠지 기분이 상쾌하고 좋다

제일 먼저 아메리카노 한 잔을 마시면
남아 있던 피곤마저 씻겨 나가는 기분이다

커피로 지난밤에 도무지 잡을 수 없는 생각에
까칠해진 목을 축인다

소시지, 햄, 계란, 콩 요리,
각종 야채, 빵, 각종 음료수,
치즈가 함께 어우러진 아침 식사는
여행 중에 자주 맛보는 메뉴다

입안 가득한 행복감을 느끼며
오늘도 새로운 여행을 위해
마음의 준비를 한다

라인강 인어공주

라인강이 험하게 흐르는 곳에
인어공주 동상이 앉아 있다

무슨 까닭이 있을까
무슨 사연이 있을까

인어공주가 심각하게
라인강의 거세게 흘러가는
물을 바라보고 있다

배들의 안녕을 기원하며
수많은 전설이 전해오는
로렐라이언덕 아래
인어공주가 라인강을 지키고 있다

라인강의 아름다움은
어디에 비길까

라인강은 수많은 이야기를 담고

수많은 이야기를 만들며
오늘도 흐르고 있다

로렐라이언덕

하이네의 시로 유명한
로렐라이언덕이다

사랑하는 사람과 함께
이곳에 올 수 있음이
축복이고 행운이요 행복이다

모든 전설에는 진한 의미가 있듯
로렐라이 전설에도 의미가 있다

전설은 전설을 찾아오는 사람들의
마음에서 되살아나 더욱더
살아 있는 전설이 된다

하이네는 이곳에 전해오는
요정의 전설을 시로 써서
널리 알려져 시도 유명해지고
로렐라이언덕도 덕분에 유명해져
사람들이 찾아오게 되었다

한 편의 시가 전 세계인의
가슴을 울리고
가슴에 울림이 있던 사람들이
이곳에 찾아와 전설을
자신의 눈앞에서 보며 현실로 받아들인다

하이네의 시도 아름답고
가슴 뭉클해지는 전설도 아름답다
사람은 전설을 만들고
전설은 역사를 만들고 있다

뤼데스하임

뤼데스하임은 '라인강의 진주'라고
사람들의 입에서 입으로 불린다

보불전쟁의 승리와
독일 통일을 기념하기 위해 만든
게르마니아 여신상이 있는 곳이다

포도밭이 펼쳐져 있고
케이블카를 만날 수 있는 곳이다

폐허가 될 수 있었던
고풍스러운 건물들이 자리를 지키고
도시의 좁은 골목길이 아기자기해
숨바꼭질하듯 여행에 재미를 더해준다

골목을 돌다 보면
막다른 골목을 만나고
골목의 끝은 벽이지만
돌아서서 새로운 골목을 찾아 나서면

길은 언제나 열린다

눈에 들어오는 아기자기한 것들이 많고
수많은 레스토랑이 있어
사랑하는 사람과 낭만이 깃든
커피 한 잔을 마시며
사랑을 이야기해도 좋을 것이다

케이블카로 언덕에 오르면
눈앞에 펼쳐지는 그림 같은 풍경에
가슴이 울렁거리고 부풀어 올라
입안에서 탄성이 절로 나온다

지난 역사를 잘 보존할 때
새로운 역사도 무한히 뻗어나가며
살아 있는 역사를 만든다

드로셀가세 구시가지

드로셀가세는
철새의 골목 또는 티티새 골목으로
불리는 곳이다

와인 가게 골목이 있고
이 골목에는 장식된 모형 새들이 시간마다
뛰쳐나와 시간을 알려준다
흥미롭고 재미있는 광경이다

티티새 골목에는
포도주를 파는 상점들과
기념품을 파는 곳이 많다
아쉬움 없이 걸으며 볼거리를 찾아 즐기는
재미가 솔솔 나는 곳이다

머문 듯 떠나고
떠난 듯이 머무는
사람들이 모이는 곳은
사람들이 찾는 곳은

관심을 갖고 싶은 것이 있는 곳이다
관심을 두고 싶은 곳이 있는 곳이다

색소폰 부는 남자

독일 여행할 때 일행 중에
색소폰을 부는 남자가 있었다

칠순이 가까운 나이에
일하다 은퇴하여
삶을 즐기며 살아가는 사나이였다

아내와 함께 정겹게 살며
양평에 별장을 갖고
텃밭을 가꾸며 지인들과
정을 나누며 사는 부부였다

클래식 음악 감상을 좋아하고
요양 시설에 있는 아버지를
일주일 한 번씩 별장으로 모셔 와
하루 종일 아버지를 위해
음식을 만들어준다고 하였다

연로한 아버지께

지극정성으로 효도하는 사나이가
왠지 좋아 보였다

여행 중에 머무는 도시마다
한밤중에 거리로 나가
누가 듣든 말든 색소폰을 불었다

어쩌면 참 독한 것이다
아무도 알아주지 않고 어쩌면 들어주지도 않는데
자신의 삶의 흔적을
어디서든지 남기고 싶었던 모양이다

파크 호텔에서

돌아가야 할 날이 다가올 때는
늘 아쉬움과 안타까움이 남는다

돌아갈 곳이 있는 것이
여행이다
돌아갈 곳이 없으면
방황이다

희망과 꿈이 없으면
늘 뒷걸음치며 주저앉을 수밖에 없다
희망은 내일을 선물한다

내일이면
독일을 떠난다

삶은 늘 목마르다
살아남기 위한 고통을 느끼며
호텔에서 커피를 마신다

여행을 했기에 또다시
여행하기를 원한다
인생은 여행의 연속이다

퀼른 머큐어 호텔에서

이번 여행의 호텔 아침 식사는
퀼른 머큐어 호텔이 마지막이다

오후 비행기를 타고
인천공항으로 돌아간다

항상 여행의 시작은 여유롭고
길게 느껴지지만
막상 지나고 나면 한순간처럼
짧다는 생각이 든다

독일 여행은 의미가 있고
큰 감동을 받기보다는 보람스러웠다

베를린장벽만 보았어도
역사의 아주 놀라운 의미를
깨닫게 되어 마음에
새로운 다짐을 할 수 있었다

독일인의 대단한 성실함과
성취력은 본받아야 할 정신적 유산이다
과거의 아픈 역사를 반성하고
용서를 구하고
새로운 역사를 승리로 만들어가는
민족의 단결력과 자부심은
아주 높이 찬양받을 만하다

독일이여 안녕!

독일이여 안녕!
언제 다시 너에게 찾아올지 모른다

전쟁으로 폐허가 되어
좀체 끝나지 않을 시련의 고통을
온 국민이 하나가 되어
역사를 정리하고 나라를 정립하여나갔다

쓰러져도 쓰러져도 나라와 민족이 하나가 되어
다시 일어서서 부강한 나라를 만든
저력 있는 나라와 민족이 독일이다

독일이여!
너를 만날 수 있음은
나의 삶에 축복이며 행운이다

도시 곳곳 나라 곳곳이
깨끗하고 잘 정돈된 질서의 나라
잘사는 나라는 그 이유가
눈으로도 분명하게 보였다

독일은 들판이 아름답고
도시의 가로수가 아주 정겨운 나라다

자기를 지킬 줄 알고
자기의 잘못을 철저하게 후회하고
용서를 받고 치유하고
무궁하게 발전해나가는 나라다

잠시 머물다 떠나는
돌아가는 길목에서 너에게 안녕을 고한다

독일이여 안녕!
반가웠다 딩달아 좋았다
독일이여 영원하라!

구수한 웃음 웃으며
한결같은 미소로 떠나고 싶다

마음

여행을 떠나며
가는 곳마다
이곳저곳
내 마음을 걸어놓았다

내 마음이
원하는 대로 돌아다니더니
집에 돌아와 보니
나보다 먼저 와 있었다

여행의 끝

서툰 발걸음
낯선 발걸음
익숙해지면 돌아간다

낯선 얼굴들이
낯익은 얼굴이 되어갈 때
여행은 끝이 난다

짐 싸기가 서툴다가
잘 싸게 될 때
여행은 막을 내린다

여행의 끝엔 늘 아쉬움이 남는다

2부

푸른빛이
가슴에
물들어 온다

아침에 창을 열면

아침에 창을 열면
맑은 공기가 들어온다

새들의 노랫소리가 들리고
삶의 이야기가 들려온다

오늘 하루는 복된 날
축복된 하루다

아침이 새로운 문을 열어놓았으니
주어진 삶을 감사하며
열심히 살아가자

아침은
출발의 시간
희망의 시간
시작의 시간이다

만남

만남은 참으로 신비한 일이다
살아가며 만나는
수많은 사람들 중에
당신을 만난 것은 기적이며 축복이며
나에게 정말 놀라운 행운이다

당신과 함께하는 날 동안
사랑을 나누고
행복을 느끼며
기쁨이 가득하기를 원한다

살아감 속에
당신을 만난 것은 인연이며
신비이며 놀라움일 뿐이다

당신과 함께하는 날 동안
서로의 행복을 위해
배려하고 함께 나누며
아무런 후회 없는 웃음 속에
아름다운 삶을 살고 싶다

봄 풍경

나비 한 마리가 날갯짓으로
봄 풍경을 만들며 날아간다

따뜻한 햇살의 손길이 닿는 곳마다
초록의 생명이 살아나고
꽃이 피고 더욱 아름답게 만들어졌다

봄비가 땅의 발들을 적실 때마다
나무들이 분홍색 꽃을 피우고
들판의 새싹은 돋아나기 위해
마음 문을 활짝 열어놓았다

바람이 봄 풍경 속으로
불어오고 있다
바람이 불지 않으면
생명도 살아나지 못한다

나도 봄 풍경을 만들고 싶어
들판으로 달려 나갔다
봄꽃 피는 봄날 참 좋았다

나무들

들판에 나무들이
우뚝우뚝 키 재기를 하며 자라고
서 있는 모습이 정겹다

세계 어디를 가나
나무들을 만날 수 있다

거리의 나무들은 언제나
제자리를 지키며
찾아오는 사람들을
냉대하지 않고 반갑게 맞아준다

세상은 초록의 나무들이 있어
삭막하거나 싱겁지 않고
생기가 돌아 살 만하다

키가 큰 나무들도
바라보고 있으면
나를 기다려주는
다정한 친구 같다는 생각이 든다

떠나는 것이다

떠나는 것이다
너와 나 그리고 모두 다
멀어져 가고 떠나는 것이다

곱게 마음속에
간직하고 싶었던 것도
잠시 잠깐일 뿐
인생이란 여행을 떠나는 것이다

가까운 것들도
멀어져 간 것들도
모두 다 스쳐 지나간 것들
마음 어지럽게 붙잡아야 소용없고
모두 다 잠시 잠깐 만남이다

잊히고 떠나는 것이다
언제나 제자리를 지키는 것은
살아남아 있는 자연뿐
우리는 모두 다 하나씩
만남을 뒤로하고 떠나는 것이다

아이들의 눈빛

평화로운
아이들의 눈빛을 보면
왠지 기분이 좋아진다

맑고 깨끗한 눈동자
환하게 웃으며 행복을 주는
아이들의 모습은
언제 어디서 보아도 좋다

아이들이 웃으며 달려오는
모습을 보며
행복하게 웃지 않을
사람은 없다

마음의 뭉치에 호기심이 가장 많은
아이들의 눈빛이
내일의 희망을 만들어간다

잠깐만

화가 머리끝까지 치솟고
가슴에 불이 나더라도
잠깐만 더 생각하고 행동에 옮겨라

화가 나 함부로 내뱉는 말이
듣는 사람에게
돌이킬 수 없는 마음의 상처와
심장에 다시는 고칠 수 없는
치명타를 줄 수 있다

내 생각,
내 주장,
내 상상,
내 고집 때문에 마음이 얼어붙고
한 치 앞을 알 수 없는
말다툼이 일어난다

자신보다 남을 먼저 배려하고
생각하고 행동하면
언제나 정다운 대화를 나눌 수 있다

계단

인생은 계단과 같아요
한 계단
한 계단
성실하게 올라온 사람은
한 계단
한 계단
내려갈 때도
아무런 후회 하지 않아요

절망의 시간을
희망으로 바꾸어가며
당신이 올라왔던 길을
다시 더듬어 내려가며
아름다운 추억만을 간직할 뿐이죠

당신이 원하는 것

당신이 원하는 것
찾고 싶어 하고
갖고 싶어 하는 것

자세히 바라보면
그리 멀리 있지 않아요
바로 당신 안에
가득한 것을 알 수 있어요

당신이 좋아하고
사랑하고 싶어 하고
즐기고 싶어 하는 것

자세히 바라보면
그리 멀리 있지 않아요
바로 당신 안에
가득한 것을 알 수 있어요

사람

사람을 자기 멋대로
비웃거나 조롱하거나
헐뜯지 말아요

세월이 흘러가면
당신이 멋대로 평가하던 사람이
당신 앞에 어떤 모습으로 다가와
당신 위에서 바라보며
서 있을지 모릅니다

남을 소중하게 여겨야
당신도 가치 있는 사람입니다

가을 하늘

푸른 색깔이라도 입힌 듯
푸른 물감이라도 쏟아놓은 듯
파란 가을에 몇 장 뭉게구름이 떠 있어
멀리 바라보고만 있어도 너무나 행복하다

그리고 싶은 가을
써보고 싶은 가을 하늘
마음에 담고 싶은 가을 하늘

이국의 여행지에서 만난
파란 가을 하늘 아래 있으니
내 몸은 가벼워지고
내 마음은 참 즐겁고 기쁘다

가을 들판에서 마음껏 바라보는
푸르디푸른 가을 하늘
푸른빛이 가슴에 물들어 온다

떠나고 싶은 가을

머물고 싶은 가을
내 마음에 간절하게
가을을 마냥 즐겁게 맞아들이자

수평선 위에 배 한 척

시월 가을 푸른 하늘
뭉게구름 아래
우뚝 서서 바라본다

수평선 위에
돛단배 한 척 내 마음처럼
외롭게 떠 있다

떠나는 뱃길 따라
안식을 찾아
어디론가 떠나고 싶어진다

참 많이 외롭다

넓은 바다에 배 한 척

넓은 바다에
배 한 척 떠나간다

나도 인생이란 바다에
배가 되어 외롭게 떠나간다

모두 다 떠나간다
다시는 돌아올 수 없는 길을

외롭게 고독하게
처량하게 떠나간다

그대 어디를 가나
뜨거운 눈물에 뺨이 젖는다

지구

우주 속에서 보면
작은 점 하나만 같은
지구는 참 신비롭고 아름다운 곳이다

우주의 점 하나 같은 지구에
지구의 점 하나 같은 내가 살고 있다

우주 속에 사람이 살아가는 지구에는
큰 바다가 있고 산이 있고
산맥이 있고 들과 사막이 펼쳐지고
늪이 있고 정글이 있다

이 지구 속에 다양한 나라와
다양한 민족들이 저마다의
풍습을 갖고 살아가니
이토록 아름다운 일이 있을까

우주도 수수께끼 지구도 수수께끼다
창조주 하나님이 없다면

전혀 상상할 수도 있을 수도 없는 일이다

우주의 신비함을 살펴보면
창조주 하나님께 무릎을 꿇고
두 손 모아 기도할 수밖에 없다

미국과 캐나다
여행길에 피어난 시

제90시집

1부

여행은 나에게
새로운 선물을
가져다줄 것이다

미국을 향하여

전 세계 모든 인종이 같이 모여 살면서도
성조기 아래서 하나가 되는 나라
연방 공화국인 미국의 수도는 워싱턴 D.C.

미국 국민은 가장 다양한 인종으로 이루어졌으며
전 세계 인종이 한 민족처럼
어우러져 살고 있는 독특한 나라

자유와 풍요가 가득하다 말하지만
인디언의 절규가 아직 남아 있고
흑인들의 아픔이 사라지지 않는 나라

늘 변화와 새로움을 추구하고
각기 다른 사람들이 미래를 만들고
내일을 이루어가는 자유의 나라

위대한 꿈 강렬한 열정으로
시대를 이끌어가고 학문과 예술이 있고
자원이 풍부하며 자연이 살아 있는 나라

국어로는 영어를 사용하고
미국에서 가장 높은 산은 4,418미터 휘트니산

가벼운 마음으로 가장 단순하게
미국을 만나러 간다
캐나다를 만나러 간다

여행은 나에게 새로운 선물을 가져다줄 것이다

존 에프 케네디 공항을 향하여

인천공항에서 오전 10시 30분에 탄 비행기가
14시간 30분을 비행하여
뉴욕 존 에프 케네디 공항에 도착했다

길고 긴 여행을 논스톱으로
비행한다는 것은 놀라운 항공 기술의 발전이다

머나먼 거리이지만
식사도 하고 커피도 마시고 영화 대부, 닥터 지바고,
80일간의 세계 일주도 보며 시간을 보냈다

시인들의 시집을 마음에 담는다
신경림 시인의 농무, 조태일 시인의 국토,
김광섭 시인의 겨울날, 박봉우 시인의 황지의 풀잎,
김관식 시인의 다시 광야에,
최하림 시인의 우리들을 위하여,
구자운 시인의 벌거숭이 바다,
황명걸 시인의 한국의 아이, 이시영 시인의 만월을
두 번씩 정독하며 시인들의 시 세계로 여행을 떠난다

시를 한 편 한 편 읽어 내리며 음미하다 보니
시간이 훌쩍 지나가 뉴욕에 가까이 다가왔다
뉴욕 가는 길에 아홉 명의 시인이
나의 마음속에 동행해주었다

참으로 위대하고 대단한 시인들이다
한 시대의 문단을 이끌어가는 그들의
시풍과 시 감각은 매우 뛰어나다

시작이 있으면 끝이 있는 법이라
지루할 것만 같던 비행시간은 도리어 많은 감동과 함께
마음에 기쁨을 선물해주었다

인생을 열심히 산다는 것은 참으로
보람되고 열매를 수확하는 기쁨을 준다

지금부터 북아메리카 여행이 시작된다니
가슴속에 기대와 설렘이 가득하다

존 에프 케네디 공항

젊은 대통령으로 암살당해 더 유명했던
존 F. 케네디의 이름으로 명명된
국제공항에 오랜 비행 끝에 내렸다

뉴욕의 출입구 존 에프 케네디 공항은
퀸스구에 위치해 있고
전 세계에서 온 다양한
입국 수속자들이 긴 줄로 늘어서서 붐빈다

공항에서 일하는 직원들의 모습도 갖가지
한 사람 한 사람 지나치게 질문하고
거칠게 대하는 사람도 있지만
순리대로 물 흐르듯 입국 수속을
잘 진행하는 매너 좋은 사람도 있다

존 에프 케네디 공항은 미국에서
공항 이용객 수가 가장 많은 국제공항이다
맨해튼에서 24킬로미터 떨어진 곳으로
전 세계인들이 미국으로 들어가는

관문 역할을 해주는 공항이다

미국에 갈 때마다
까다로운 입국 수속이 귀찮지만
여행하는 즐거움이 더 크기에
제발 빨리 끝나기를 바랄 뿐이다

아내와 나는 미국에 방문한 적이 있기에
자동 수속으로 일행 중에 가장 먼저
공항을 나왔지만 일행 중에는
한 시간 반이나 뒤에 나온 사람도 있다

뉴욕 센트럴 파크

뉴욕에서 가장 먼저 찾은 곳이
아름다운 공원 뉴욕의 허파인 센트럴 파크다

센트럴 파크는 뉴욕인과 여행자들에게
휴식과 안식을 선물하는
자연이 만들어놓은 평화롭고 아름다운 곳이다

나무숲이 있는 공원은 사람들을 부른다
조깅을 하는 사람들
자전거를 타는 사람들
책을 보는 사람들
사진을 찍는 사람들
대화를 나누는 사람들
천천히 걷는 사람들

센트럴 파크를 천천히 걸으며
산책을 하면 마음에 여유가 생길 것이다

오래된 큰 나무들을 바라보는 즐거움도 있고

베데스타분수에서 뿜어져 나오는 시원한 물줄기를
보고 있으면 기분이 아주 좋아진다

비둘기에게 모이를 주면
수많은 비둘기들이 모여들고
결혼을 앞둔 예비 신랑 신부들의
웨딩 촬영 모습이 행복해 보인다

사랑하는 사람이 있다면 호수에서
배를 타고 노를 저으며 대화를 나누고
센트럴 파크의 낭만을 즐겨도 좋을 것이다

맨해튼

전 세계인들이 여행 가고 싶어 하고
살고 싶어 하는 화려하고 아름다운 곳이
뉴욕 맨해튼이다

뉴욕의 중심 거리이며 고층 빌딩의 숲으로
늘씬늘씬한 건물들이 웅장하게 서 있고
한때 세계 최고층이었던 엠파이어 스테이트 빌딩이 있다

미국의 모든 것의 중심지라고 할 정도로
산업과 재정, 증권, 그리고 예술과 뉴스,
출판, 방송의 중심지 역할을 하고 있으며
브로드웨이에서는 날마다 공연이 열리고
짧은 순간에 수많은 관람객들이 몰려든다

세계의 수많은 기업가와 부호들의 집이 있고
예술가들이 살고 수많은 사람들이 찾아와
그들의 꿈과 희망과 예술을 불태우는 곳이다

뉴욕주에서 많은 인구가 밀집되어 있는 곳이며

유엔 본부가 있고 자유의 여신상이
세계 평화를 위해 횃불을 치켜들고 서 있는 곳이다

빌딩 숲이 아름다운 맨해튼
특히 뉴욕의 가을은 그 아름다움을
다 표현할 수 없을 정도로 벅차고 멋지다

맨해튼의 불타는 금요일

맨해튼은 활기차고 생동감 있고
모든 것이 세련되고 아름다운 곳이다

뉴욕에 왔다면 웅크리고 있지 말고
뉴요커가 된 기분으로
머무르는 동안 즐겁고 기쁘게 지내라

낯선 거리도 마음을 열고 걸어가면
마주치는 모든 것들이 새롭고 신기해
온 정신이 푹 빠져버린다

일주일 내내 열심히 일하던 사람들이
모든 업무를 마치고 해방감과
자유를 누리고 싶어 찾아오는 곳이다

열심히 일하는 사람들은
삶을 즐길 줄 아는 사람들이다
맨해튼의 불타는 금요일은 거리마다
사람들로 가득해 인산인해다

각양각색으로 빛나며 뽐내는
네온사인과 광고판, 거리의 악사들,
힙합을 하는 젊은이들이 합쳐 축제가 시작되고
도시가 요동친다

밝게 웃으며 거리를 걷는 사람들
레스토랑에서 식사를 하고
커피를 마시는 사람들
공연을 보려는 사람들
상점에서 쇼핑을 즐기는 사람들이 많다
거리의 많은 사람들이 뉴욕을
출렁이게 하고 살아 움직이게 한다

맨해튼 존 레논 자택

영국 사람들이 지금도 가장 사랑하고
추모하는 가수인 비틀즈 멤버 존 레논

전설의 뮤지션으로
음악보다 아름다운 사람이라 불리는 존 레논은
일본인 아내 요코와 행복하게 살며
노래를 부르는 시대의 가수였다

존 레논은 평화운동가로 불리며
사회적 반항적 기질을 가졌지만
아내를 사랑하고 음악을 사랑하는 남자였다

존 레논은 열성 팬이 쏜 총에
맨해튼 자택 입구에서 쓰러졌다
시대의 반항아였지만
전 세계 음악 팬들의 사랑을 온몸으로 받았던
존 레논은 그렇게 아깝게 최후를 맞았다
그의 운명은 참으로 애잔하고 슬프다

존 레논의 집은 크고 아름답게 보였다
존 레논은 그 집에서 행복을 나누고
음악을 하는 기쁨과 감동에 빠지며 살았을 것이다

존 레논은 자신의 분명한 인생철학으로
후회 없는 삶을 살다가 홀연히 떠나갔다

맨해튼 밤거리

밤은 어둠 속에서 무언가
슬픔과 기쁨이 뒤섞인 비밀스러운 이야기가
일어날 것만 같은 묘한 기분이 들게 한다
이국의 밤은 왠지 찬란하고
마음이 더 흥미롭고 감미롭게 흔들린다

밤은 어두운 두려움 속에서도
왠지 안식을 찾고 싶고
기댈 곳을 찾고 싶어 하게 하고
한편으로는 마음이 들뜨고 흥분이 생겨난다

거리의 악사들은 음악을 연주하며
사람들의 발걸음을 모은다
다양한 사람들이 다양한 패션으로
각양각색의 표정으로 걸어가는 맨해튼 거리
한눈으로 전 세계인의 모습을 볼 수 있는
정말 독특하고 묘한 곳이다

맨해튼 거리에서 무심히 스치고 지나간 것들 중에

얼마나 소중하고 아름다운 것들이 많은가
무언가를 알지 못해서 그냥 아무런 생각 없이
지나간 것도 많을 것이다

수많은 네온사인이 거리를 수놓은
맨해튼 밤거리 타임스퀘어 광고판 앞에
내가 서 있다는 것이 실감 나지 않는다

타임스퀘어는 연말이 되면 수많은 인파가 모여들어
새해를 맞이하기 위해
자정이 되면 카운트다운을 외치며
기대감과 감동이 절정에 다다르는 곳이다

밤거리는 고독한 사람들의 마음을
더욱 많이 흔들리게 한다
불타는 금요일 외로운 발걸음에도
기쁨과 감동이 찾아와 주기를 바란다

맨해튼 소 동상

거액의 증권이 오가며 하루아침에
부자가 되기도 하고
하루아침에 몰락하는 인생이 되기도 하고
눈물과 웃음이 오락가락하고
증권에 모든 것을 날리는 사람들도 있는 곳

맨해튼 증권가에 소 동상이
상징적인 기념물로 세워져 있다

사람들이 줄 서서 소를 만지고
웃으며 사진을 찍는다
사람들은 누구나 행운을 바라고
자신이 행운의 주인공이 되기를 원한다

사람들은 누구나 한 번쯤은
부자가 되기를 원할 것이다
사람들은 누구나 한 번쯤은
자신에게 행운이 찾아오기를 바랄 것이다

소의 발을 만지고 몸을 만지면
자기에게도 대박이 터지고
돈벼락이 한 번쯤 쏟아지지 않을까
하는 마음을 갖고 만지고 사진을 찍는다

사람들이 모두 다 가족 사랑으로
행복하고 즐겁게 살아갔으면 좋겠다
모든 사람들이 원하던 일들이
하나씩 하나씩 이루어졌으면 좋겠다

맨해튼 미국 초대 대통령 동상

뉴요커들이 오가고 수많은 관광객이 오가는
월 스트리트를 걷는다

거리도 사람들도 건물들도 처음 만나 생소하지만
뉴욕에 있다는 사실만으로도
기분이 좋아 걷고 또 걷는다

미국의 초대 대통령은 조지 워싱턴이다
그는 어린 시절부터
"나는 아름다운 여자와 결혼할 것이다
나는 미국에서 가장 큰 부자가 될 것이다
나는 미국을 독립시키고 대통령이 될 것이다"라며
이 목표를 글로 적고
하루도 꿈을 잊은 적이 없다고 한다
그리고 마침내 그 꿈을 이루었다

조지 워싱턴 동상이 세워진 곳은
예전에는 연방 청사였는데
지금은 박물관으로 사용한다고 한다

살아 있는 워싱턴을 만난 듯
좋아서 반기는 사람들도 있고
사진을 찍고 한동안 머무르다 간다

위대한 인물을 만나면 사람들은 부러워하고
동경하고 자신들도 그런 삶을 살기를 원한다

워싱턴 동상이 세워진 부근에는
세계적으로 유명한 트리니티교회도 보인다
뉴욕은 참으로 볼 것이 너무나 많은 곳이다

맨해튼 건물들

맨해튼에는 100년이 넘는
웅장하고 큰 건물들과
새로 지은 높고 크고
거대한 건물들이 수없이 많은데
건물들이 서로 조화를 이루고 있다는 것이
참신하고 매력적이다

도시 숲을 이루고 있는 빌딩 나무들이
맨해튼의 오늘의 모습을 만들어
도시의 위대함과 화려함을 보여주고 있다

맨해튼에는 오래된 옛 건물도 잘 보전되어
옛 모습 그대로 고전적인 아름다움을 선물한다
새 건물들은 새로운 현대 건축양식을 갖추고
옛것과 새것이 어울려 개성 넘치는
현대 도시의 건축미를 보여준다

세계 최대 자산 운용사인 블랙록 빌딩이 있고
세계 최고 초호화 아파트인 432 파크 애비뉴가 있다

엠파이어 스테이트 빌딩
트럼프 타워 증권가 금융가
도시 전체가 마천루로 가득한
갖가지 모양으로 이루어진
아주 거대한 빌딩 숲이다

줄리어드 음대 뉴욕 필하모닉
메트로폴리탄 건물 등
5500개의 건물이 우뚝우뚝 솟아 있다

뉴욕 한인타운

뉴욕에 한인타운이 있다니
참으로 반가운 일이다
뉴욕의 한 거리에서 옹기종기 모여 있는
예스러운 한글 간판을 보니 신기한 느낌이다

한국 사람들이 이곳까지 와서
무척 열심히 살고 있다
부지런하고 억척스러운 민족이라 어디서든지
살아남아 그들의 세계를 만들어놓는다

다양한 식품을 파는 마켓이 있고
네일 아트, 수선집, 세탁소가 있고
라면을 팔고 고추장을 팔고 한국식
갈빗집과 술집이 있으니
관광객과 유학생과 이민자들이 찾는다

늘 향수병을 가슴에 안고 사는 이민자들이
돈도 잘 벌고 가정도 행복하고
모든 일들이 잘 풀렸으면 좋겠다

머나먼 이국땅에서 돈을 벌고
자식을 키우고 뿌리를 내리는 것이
얼마나 뼈아프고 눈물 나게 힘든 일인가

이국땅에서 돈을 벌려고 장사를 하고
자식을 교육시키고 노후를 살아간다는 것이
결코 호락호락한 일이 아닐 것이다

한국인들이여 힘을 내라
이민자들이여 힘을 내라
우리는 대한민국 국민이다

뉴욕 메츠 야구장

미국인들은 야구에 열광한다
뉴욕 메츠 야구장은 퀸즈에
자리 잡고 있다

야구팬들은 자그마한 야구공 하나가
움직일 때마다 웃고 울고
기뻐하고 좌절하고 환호하고 야유를 외친다

인기 있는 팀들이 경기할 때는
사람들도 많고 입장료도 비싸지만
인기 없는 팀은 입장료도 싸고
자리도 텅텅 빈다
어디서나 인기란 참으로 묘한 것이다

메츠 야구장에는 유명한 선수들의
사진과 사인볼이 전시되어 있다
야구 선수들의 사인볼도 판매하는데
유명세에 따라 값이 달라진다

메츠 야구장은 관중석과 그라운드가
가까이 있어 경기를 보는 맛도 있고
실감도가 더 크게 느껴진다

쉬는 날 가족과 함께 치맥을 먹으면서
멋진 야구 경기를 본다면
행복한 하루가 될 것이다
홈런이 터지고 자신이 좋아하는 팀이 승리를 한다면
기분이 경기장 위로 날아갈지도 모른다

엠파이어 스테이트 빌딩

어린 시절 교과서에서 배운
세계 최초 100층 이상의 건물인
엠파이어 스테이트 빌딩을 찾는다

오래된 건물인데도 외부와 내부가
보기에도 튼튼해 보여 신통하기도 하고
기이할 정도로 건축 기술이 대단해 보인다

박물관을 구경하고 건물을 짓게 된 배경 이야기와
건축 과정이 정리된 곳이 있어
사람들이 관심을 갖고 보았다

빌딩 거의 꼭대기에 올라
뉴욕 전체를 바라보고 허드슨강을 보는 재미란
고층 빌딩에서만 느낄 수 있는 짜릿한 쾌감이다

아름다운 풍경은 오래 보아도 지루하지 않다
엠파이어 스테이트 빌딩에서 내려다보이는
뉴욕 맨해튼은 아름답고 멋있다

아름다운 도시는 한순간에 이루어지지 않는다
도시를 사랑하고 가꾸는 사람들의
인내와 노력과 보살핌과 가꿈으로
아름다운 전통이 만들어지는 것이다

맨해튼 한인 꽃집

번화한 맨해튼 거리 코너에
한국인이 운영하는 꽃집이 있다
거리를 지나다 보면 아주 눈에 잘 띈다

한국에서 이 먼 곳으로 이민 와서
꽃집을 해서 돈도 벌고 성공했다니
듣던 중 참 반가운 소식이다

꽃은 어느 나라 사람들이나 모두 다
좋아하고 기념일이나 특별한 날
사랑하는 사람에게 선물하기를
좋아하는 마음이 하나같이 똑같다

아름다운 꽃들이 아름다운 사람에게로
아름다운 소식을 전하며 갔으면 좋겠다

한국인들은 어디서나 정착을 잘하고
끈기 있게 잘 살아가며 뿌리를 잘 내리며 산다
세계 속의 한국인들이 꿈과 희망을 이루어가며
한국인의 자부심을 잃지 않고 살기를 바란다

허드슨강 유람선

뉴욕의 명물인 허드슨강은 흐르는 곳마다
참으로 아름다운 풍경을 만들어놓는다

허드슨강의 시작은 애디론댁산맥
최고로 높은 마시산 가까이에 있는
작은 호수에서 시작되어
큰 강을 촉촉이 적시며 흘러간다

미국인들이 사랑하고 많은 관광객이 찾는
허드슨강의 길이는 492킬로미터이다

여행 중의 백미는 유람선을 타고
이국적인 풍경을 보는 것이다
강바람에 몸을 싣고 아름다운 경치를 보는 것은
여행이 가져다주는 즐거움 중 하나다

강줄기를 오가며 뉴욕의 아름다운 풍경을
마음속에 머릿속에 스캔해놓고
어느 날인가 꺼내볼 수 있도록 추억을 만들자

자유의 여신상

허드슨강 변에 우뚝 세워진 자유의 여신상은
1886년 미국 독립 100주년을 기념하는 뜻으로
프랑스가 제작하여 선물한 것이다

자유의 여신상은
지면에서 햇불까지 93.5미터에 이르는
거대한 동상이며 평화의 상징으로
전 세계인들이 미국에 대한 꿈과 희망을 갖게 했다

자유의 여신상 발밑에는
노예 해방을 상징하는 부서진 족쇄가
놓여 있어 가슴 짠하고 뭉클하게 한다

오른손은 온 세상을 밝혀주려는 듯
햇불을 높이 치켜든 당당한 모습을 보여주고
왼손에는 '1776년 7월 4일'이 새겨진
미국 독립선언서를 들고 있다
머리에는 일곱 개 대륙을 상징하는
뿔이 달린 왕관을 쓰고 있다

꿈과 희망을 갖고 더욱더 멋지게 살아야겠다
세상에서 가장 소중한 것은 꿈과 희망과 자유다

유엔 본부 빌딩

맨해튼 동쪽 끝자락에
사각형으로 우뚝 솟은 유엔 본부가
자리 잡고 있다

제2차 세계대전 이후에
전 세계의 평화와 안전과 권리를 위해
전 세계가 힘을 합해 조직하고 만들었다

유엔 본부는 미국 땅에 있지만
미국 땅이 아니라 국제적인 영토의 역할을 한다

세계 평화를 원하는 사람들이 한 번쯤은
가고 싶고 돌아보고 싶어 하는 유엔은
제네바, 빈, 나이로비에
세 개의 사무국을 두고 있으며
유엔 본부에는 총회와 안전보장이사회 등
주요 기관이 들어와 있다

벽에는 역대 유엔 사무총장의

사진이 진열되어 있는데
반기문 전 총장의 사진도 있다

벽면 그림 속에
"인종, 성별, 나이를 불문하고 서로 존경하라"는
메시지가 가슴 깊이 새겨진다

9·11 테러 현장

2001년 9월 11일 미국에서
비행기 자살 테러 사건이 일어났다

뉴욕 세계무역센터 쌍둥이 빌딩과
미국 국방부 건물인 펜타곤에서 일어났는데
전 세계인이 경악을 금치 못한 비행기 자살
테러 사건으로 3천여 명이 죽거나 부상당했다

9·11 테러는 모든 건물을 헐어버리고
사방에서 물이 쏟아져 내리게 만들어놓았다

건물이 있던 자리에
사방에서 물줄기가 쏟아져 내리고 있다
테러당한 한을 씻어주기 위해
상징적으로 만든 것으로 보인다

수많은 사람들이 찾아와
그날의 참상을 애도하며 슬퍼했다

울고 싶어도 너무 참혹해 눈물이 나지 않는다
너무나 괴로워서 가슴이 찢어지는
아픔을 어쩔 수가 없다

뉴저지 웨스틴 호텔에서의 모닝커피

커피 한 잔에 설탕 대신
내 마음을 다 풀어 넣는다

무언가 새로운 것이 궁금하기에
만나고 찾아보고 들어보려고
새로운 만남을 원하며 여행을 떠난다

삶이란 만나고 헤어지고
헤어지고 만나기를 반복하는 것처럼
여행도 만나고 헤어지기를 반복한다

만나면 즐겁고 좋은데
너무 짧은 만남으로 끝나는 것이
늘 아쉽고 애가 탄다

여행 속에서 늘 무언가 궁금하기에
삶의 길을 다시 묻는다

여행은 떠나고 머물고

머물고 떠나는 것의 연속이지만 떠나려 하니
좀 더 즐길걸 하는 아쉬움이 남는다

여행을 하며 세상을 살아가는
삶의 모습들을 보며
내일을 살아갈 이유를 찾는다

워싱턴 D.C.

워싱턴주는 미국 초대 대통령
조지 워싱턴의 이름에서 유래되었다고 한다
워싱턴 D.C.는 미국 수도이며 중요 기관이 모여 있다

워싱턴주의 북쪽은
캐나다 브리시티 컬럼비아와 맞닿아 있고
동쪽은 아이다호주 서쪽에는 드넓은 바다 태평양이
한없이 끝없이 펼쳐져 있다

국회의사당 백악관 링컨기념관
제퍼슨기념관 후버 FBI 빌딩
미국 국립 고문서관 로널드 레이건 빌딩
뉴지엄박물관 등 각종 미술관과 박물관을 볼 수 있다

물자가 풍요로운 나라답게 건물들이 잘 지어져 있고
문화 시설과 카페 등 모든 것이 잘 갖추어져 있다
곳곳에 공원이 있고 사람들이 자유와
만족을 누리며 살 수 있는 공간이 마련되어 있다

워싱턴기념탑

워싱턴에는 조지 워싱턴을 기념하는 높은 탑이 있다
워싱턴기념탑은 워싱턴 D.C.의 상징물로
그 높이가 자그마치 170미터이다

미국 국민이 조지 워싱턴을 얼마나 존경하고
사랑하는지 그 마음을 알 것 같다

워싱턴기념탑 앞에는
긴 사각형으로 된 곳에 호수처럼 물이 담겨 있어
멀리서 바라보면 아름다운 모습을 한층 더해준다

국민이 자랑하고 존경하고 그리워하고
닮고 싶어 하는 대통령이 있다는 것은
그 나라가 행복한 나라이고
꿈과 희망을 이룰 수 있는 나라라는 뜻이다

나라가 독립을 이루고 초대 대통령으로
나라를 위해 일한 위대한 조지 워싱턴은
자신의 꿈과 희망을 이루고
사람들에게 꿈과 희망을 선물한 대통령이다

제퍼슨기념관

미국의 3대 대통령
토머스 제퍼슨 대통령의 기념관을 찾았다

미국의 독립을 위해
독립선언문 초안을 작성한 제퍼슨
제퍼슨이 살아 있을 때
돔형 건축물을 좋아해서
기념관을 돔형으로 지었다고 한다

제퍼슨기념관에는 제퍼슨이
망토를 입고 서 있는 모습이
참으로 당당해 보이고 위대해 보였다

큰 기둥을 빙빙 둘러 받치고 있는
돔형 건물인 제퍼슨기념관은
멀리서 봐도 가까이서 봐도 참으로 멋있다

제퍼슨 동상을 둘러서 있는 벽에는
미국 독립선언서가 기록되어 있다

역사를 세우고 이룬 훌륭한 지도자들은
이 세상을 떠나도 다음 세대 사람들에게
많은 존경과 찬사를 받는다

링컨기념관

링컨의 모습이 거대한 동상으로 만들어져
마치 링컨을 만나는 듯한
기분이 참 묘하게 좋았다

링컨 동상은 미국 국회의사당을
바라보며 정치를 잘하라고 후배 의원들을
독려하고 있는 듯하다

링컨은 앉아 있는 자세로
워싱턴기념탑을 바라보고 있는데
오른손은 펴고 왼손은 쥐고 있다

오른손은 변호사의 모습
왼손은 검사의 모습을 나타낸다고 한다
그래서인지 몰라도
왼쪽 얼굴은 강해 보이고
오른쪽 얼굴은 편하고
다정하게 보일 것이라고 한다

미국에서 흑인 노예들을 해방시켜주고
자유를 준 링컨 대통령은 미국과 전 세계에서
가장 존경받는 역사적인 인물 중 한 명이다

링컨기념관에 링컨이 연설했던
명연설문이 기록되어 있다

of the people
by the people
for the people

링컨이 남긴 평화와 자유와 사랑의
목숨의 뿌리에서
오늘도 싹이 나고 자라고 꽃 피어나고
풍성한 열매를 맺어나간다

링컨기념관 마틴 루서 킹의 꿈의 외침

링컨 대통령 기념관 링컨 동상으로 올라가는
계단에 흑인 인권 지도자 마틴 루서 킹이
"나에게는 꿈이 있습니다"라고
외친 자리가 표시되어 있다

마틴 루서 킹은 1929년 1월 15일
미국 조지아주 애틀랜타에서 태어났다
크로저신학교에서 간디의 비폭력과
프로테스탄트 신학을 배우고 수석으로 졸업해
점차로 흑인 운동가로 변신하여 자유를 부르짖다가
35세에 노르웨이 오슬로에서 노벨평화상을 받았다

억압받는 흑인들의 인권을 회복하기 위해
투쟁하던 그의 꿈은 미국 사회에서
하나씩 하나씩 이루어져 가고 있다

꿈은 이룰 수 있기에 꿈을 꿀 수 있다
사람들은 누구나 꿈을 가지고 살 수 있다

마틴 루서 킹의 꿈의 외침은
늘 가슴속에 살아 있어 한없이 생각나고
꿈을 이루고픈 열망을 갖게 만들어줄 것이다

스미소니언자연사박물관

지구상의 모든 동물과 어류, 벌레
광석, 돌, 보석, 준보석의 표본과
실물들이 어마어마한 양으로 전시되어 있다

이렇게 많은가 감탄할 정도로
깜짝 놀랄 만큼 방대하고
거대한 자료가 총망라되어
다양하고 체계 있게 전시되어 있다

지구상에 존재하는
각종 새와 어류와 동물들의 박제가
너무나 많아 놀라울 따름이다

세계에서 가장 고가인
270캐럿의 다이아몬드 목걸이도
전시되어 있었다

누가 도대체 어떤 사람이
이렇게 꼼꼼하게 수집하고 다양하게 전시하며

무료로 관람하게 하는 것일까
이 모든 것을 볼 수 있어서
참 고맙고 감사하는 마음이 생겼다

한국전쟁 참전 용사 기념비

한국전쟁 참전 용사 기념비를 찾아
고맙고 감사하는 마음으로 묵념하러 가는 길에
휠체어를 탄 백발의 한국전쟁 참전 용사를 만났다

노쇠한 모습에 기력도 없어 보이는데
한국 사람을 보자 눈빛에 반가움이 솟아난다
우리나라를 위해 싸워줘서 고맙고 감사하다는
말을 했더니 고개를 끄덕이며 웃었다

한국전쟁 참전 용사 기념비 앞에서
한국 사람을 만나니 옛 생각이 몰려와
무척이나 반가웠던 모양이다
6·25 전쟁이 머릿속을 스쳐 갔을 것이다

한국을 위해 싸워준 용사들에게
정말 고맙고 감사하다
그분들이 싸워주지 않았더라면
지금의 대한민국이 있었을까

우리는 잊지 말아야 한다
우리를 위하여 희생된 수많은 사람들의
고귀한 목숨의 값어치를

미국 나이아가라폭포

어디선가 시작되어 계속해서 떠밀려 온 강물이
물끼리 서로 부딪쳐 소용돌이를 일으키며
폭포로 떨어진다
물이란 물은 다 쏟아져 내리는 거대한
나이아가라폭포는 세계 3대 폭포 중 하나다

미국 나이아가라폭포는
아쉽게도 캐나다 나이아가라폭포보다 작고
국경선 때문에 자유롭게 볼 수 없다는
아쉬움과 안타까움이 있다
똑같은 폭포인데도 미국과 캐나다에서 보는
나이아가라폭포의 모습은 전혀 다르다

맑은 햇살을 받으며
찬란하게 빛나는 강물이 폭포를 만나
멋지게 다이빙이라도 하듯이
비명을 내지르며 쏟아져 내리는 모습이
내 마음을 흔들어놓으니
찬사를 보내지 않을 수 없다

사람들이 폭포를 좋아하는 이유는
무겁게 느껴졌던 삶의 무게를 쏟아져 내리는
물과 함께 떠나보내면
시원하고 홀가분한 마음이 들기 때문일 것이다

쉴 새 없이 밀려오는
살아 있는 물결들이 아찔하게
떨어지는 모습이 바라볼수록 장관이다

단숨에 숨 막히듯 아름답게
쏟아져 내리는 폭포를 만나면
온갖 짜증과 우울과 피로도 다 사라지고
한순간에 기분이 싹 개운하고 좋아진다

바람의 동굴
 – 염소섬

나무로 만들어진 길을 따라
염소섬에 가면 결박을 다 풀어놓은
나이아가라폭포가 물을 철 철 철
쏟아내는 것을 눈앞에서 볼 수 있다

캐나다에서 보는 나이아가라폭포의
장대한 모습과는 다르지만
폭포를 가까이 볼 수 있다는 것이
아주 매력적이다

흘러오는 물이 벼랑에서 폭포가 되어
엄청나게 쏟아져 내리는 물보라 소리를
가장 가까이 들으며
떨어지는 폭포의 물을 온몸으로 맞는다

나이아가라폭포의 모든 것이
바로 눈앞에서 생생하게 펼쳐진다
내가 나이아가라폭포에 왔다는 것을
마음껏 실감할 수 있다

백악관

일명 화이트 하우스라 불리는 백악관을
눈앞에서 바라보고 있다니 신기하다

백악관은 미국 대통령이 일하고
외국 대통령과 귀빈을 영접하는 곳으로
전 세계인들이 뉴스 속에서 보고 만나는 곳이다

백악관은 여섯 층으로 되어 있으며
아일랜드 건축가 제임스 호번이 설계하여
1792년에 짓기 시작해 1800년에 완공되었다

백악관 앞에서 기념사진을 찍는다
내 마음속에 오래도록
좋은 추억으로 남아 있을 것이다

이곳에서 미국 대통령들이
미국과 전 세계를 위하여
세계 민주주의와 자유를 위한
강하고 담대한 정치를 하기를 기원한다

보스턴

보스턴은 미국에서 가장
오래된 도시이자 미국의 도시가 시작된 곳이다

매사추세츠주의 주도인 보스턴은
많은 사람이 좋아하고 찾는 곳이다
미국 독립의 중요한 사건이 터져
독립의 시발점이 된 곳이고
미국의 민주의 꿈과 희망이 출발한 곳이다

미국 최초의 공립학교가 바로
보스턴 라틴 스쿨이며
해마다 세계적인 마라톤 대회가 열리기도 하며
미국 지하철의 시발점이 바로 보스턴이다

보스턴은 각종 산업이 발달되어 있고
항구가 그 역할을 제대로 하고 있는 도시다
해마다 수많은 관광객이 찾아들어
보스턴의 환경과 역사를 읽어가고 있다

보스턴을 찾아 이곳저곳을 찾아다니며
숨겨진 미국의 역사 이야기를 듣는 것은
참으로 즐거운 일이었다

도시를 찾아 궁금함을 풀어보는 것이
여행의 기쁨이고 매력이다
보스턴은 아름다움이 모여 살고 있어
참 독특하고 흥미롭고 머물고 싶은 도시이다

하버드대학교

세계적으로 유명한 명문 대학교이자
미국에서 가장 오래된 대학인
하버드대학교를 방문했다

하버드대학에 이름을 남긴 존 하버드 동상을 봤다
동상의 발을 만지면 행운이 온다기에
발을 만져보고 기념사진을 찍었다

교회 목회자였던 존 하버드는 1639년
도서와 유산을 하버드대학에 기증해
최초의 주요 기부자가 되었고
존 하버드 목사의 성을 따서 하버드대학이라 정했다

한 사람의 꿈과 희망의 불씨가
세계적인 명문 대학교를 세웠고
이곳에서 수많은 지도자들이 배출되어
세계 각국에서 보람을 갖고
자부심을 갖고 도전하며 일한다

그들이 다닌 학교가 궁금해
날마다 전 세계에서 방문자들이 찾아와
꿈과 희망을 갖는다

유명세답게 하버드대학 도서관에는
전 세계에서 가장 많은 책을 소장하고 있다

가이드

체육교육학과를 나와
뉴욕에 공부하러 왔다가 공부를 포기하고
뉴욕에 살게 되었다는 50대가 다 된 가이드

입담이 보통이 아니고
순간순간마다 잘 맞는 음악도 틀어주고
아침저녁으로 간단한 운동도 시켜주고
시간도 철저히 지키고
온갖 이야기로 관광객을 쥐었다 놓았다
노련한 가이드였다

실패를 겪었던 이야기
역경을 돌파한 이야기 아내 이야기
각종 에피소드들을 잘도 늘어놨다

관광 옵션을 선택할 때도
많은 사람들이 참여하도록
능수능란하게 유도를 잘했다

자기 관리를 잘하고 일에도
최선을 다하는 모습이 보기에 좋았다
늘 한 박자 빠르게 준비하고 행동하는
모습에서 프로 의식을 보았다

나이 들어가는 가이드가
미국 땅에 살면서 더욱 행복하게
가족들과 잘 살기를 바라는 마음이다

보스턴 콩코드 호텔

보스턴 콩코드 호텔에서
하루를 묵는다

여행을 하면서 늦게 들어가
낯선 곳에서 하룻밤 잠만 자고
아침을 일찍 먹고 나오는 호텔은
느낌과 여운이 별로 없다

하룻밤 나그네가 머물다 가는 정도의
휴식의 공간일 뿐이지만
그래도 시설 좋은 호텔을 만나면
잠도 잘 오고 기분도 좋아진다

여행 속에 불쑥 찾아와
잠시 잠깐 머물고
잠자고 떠난 호텔은
한 가닥도 기억 속에 남지 않는다

잊히는 것이 또 살아가는 것이 아닐까

잊히는 것이 있어야
잊고 싶지 않은 것들을 만들고 싶어 할 것이다

삶이란 잊을 것은 잊어도
생각나지 않도록 잊고 잊으면서
또렷한 사랑을 끌어당겨 가슴에 품고
기억하고 기억하면서
추억하고 추억하면서 살아가는 것이다

2부

다시
새로운 여행을
꿈꾸며

캐나다 나이아가라폭포

나이아가라폭포는
캐나다와 미국 국경 사이에 있다

캐나다 쪽 호스슈폭포의
높이는 53미터 너비는 790미터이다
미국 쪽 폭포는 높이 25미터 너비 320미터다

폭포의 아름답고 멋진 모습은
캐나다 퀸 빅토리아 공원과
아메리카폭포 끝에 있는 프로스펙트와
레인보우 브리지 위에서 잘 관망할 수 있다

양쪽 폭포로 다가오던 물줄기가
폭포에 다다르면 모두 다 꺾여
모든 것을 포기한 듯 허망에 빠져버린 듯
부서지는 햇살과 함께
한순간에 고스란히 폭포만이 만들 수 있는
노래가 되어 하나가 되어 쏟아져 내린다

폭포를 바라보면 우울도 걱정도 고민도
켜켜이 쌓였던 그리움도 다 날아가 버린다

폭포가 만들어놓은 물보라에 무지개가 뜨자
사람들은 행운이라도 찾아온 듯
기쁜 마음에 환호성을 지른다

시시각각으로 물보라를 일으키며
쏟아져 내리는 웅장한 폭포 소리가
가슴을 뻥 뚫어버린 듯 짜릿하도록 시원해진다

나이아가라 월풀

강물이 흘러내려
거품을 내며 소용돌이치고
충돌하여 원을 그리며 돌다
주춤거림 없이 다시 흘러간다

나이아가라폭포에서
까무러치듯 쏟아져 내린 물줄기가
강물 타고 내려오다가
직각으로 방향이 갑자기 바뀌면서
생긴 엄청난 소용돌이가 몰아치는 곳이
바로 이곳 월풀이라고 한다

세탁기 발명에 힌트를 준
강물이 이곳이라고 하는데
자연의 이치를 생활의 이치로 바꿀 수 있는
능력과 지혜가 얼마나 놀라운가

물의 수량도 매우 많고
경사가 급하여 거스를 수 없게

생긴 물살이라 그 힘이 세다

심장이 뛰고 설레도록
자연이 인간에게 한정 없이 베푸는
행복함을 느껴본다

자연아 참 고맙다
너의 모습을 오래도록 읽어보고 싶다

고층에서 보는 나이아가라폭포

– 캐나다 메리어트 호텔

캐나다 메리어트 호텔 고층에서
나이아가라폭포를 바라보니 참으로
황홀하고 눈이 부시다

미국 나이아가라폭포와
캐나다 나이아가라폭포가 쏟아져 내리는
폭포수를 한눈에 바라볼 수 있어
아낌없는 찬사를 보낼 수밖에 없다

태평하게 내려오던 강물이 절벽을 만나
거대하게 쏟아져 내리는 두 폭포를
바라보니 폭포의 물살이 내 가슴을
적셔오는 듯 촉촉해진다

높은 곳에서 내려다보는 폭포는
또 다른 모습으로 다가와
그 아름다움이 한결 더 높아진다

태양이 내리쬐는 찬란한 햇살에

반짝이고 파닥거리던 물결이
한꺼번에 폭포를 만들며 쏟아져 내린다
이 아름답고 웅장하고 멋진 폭포를
여행 와서 직접 볼 수 있다니 감동이 밀려든다

태양이 중천에 떠 있는 한낮에
찬란하게 빛나는 물결에
나의 피로와 삶의 고단함을 흘려보낸다

나이야! 가라!
나의 모든 절망과 고통과 역경도 가라!
쓸데없는 과거도 모두 다 가라!

나이아가라폭포 야경

어둠이 가득한 한밤에
불빛이 내리 비추는
밤에 보는 나이아가라폭포 분위기는
대낮에 보는 분위기와 전혀 다르다

짙은 어둠을 밝히는 보름달 빛 아래
강물은 유유히 흘러와서
절벽 아래로 혼절하여 까무러치듯
절규를 쏟아내며 쏟아져 내린다

물이 쏟아져 내리는 남성적인 장관과
폭포수가 쏟아져 내리며 선사하는
시원함과 홀가분해지는 마음이 좋다

어둠 속에서 쏟아지는 폭포를 보며
가슴속 이야기를 나누면
웅장한 물소리에
모든 고민이 떠나버리고 해소된다

밤에 보는 나이아가라폭포는
나의 삶 속에서 본 아름다운 풍경 중 하나로
가슴에 담아 추억하고 싶다

메리어트 호텔에서 마시는 모닝커피

나이아가라폭포 소리가 곁에서 들릴 듯
폭포와 가까운 메리어트 호텔에서
단잠을 자고 일어났다

맑은 머리와 상쾌한 기분에
커튼을 젖히고 나이아가라폭포를 바라보니
한결 몸이 가벼워져 오늘도 기분 좋게
여행을 할 것만 같다

메리어트 호텔에서 마시는 아메리카노
한 잔에 여행자의 몸을 담근다

여행이란 참 좋은 것이다
새로운 것을 만나고
보고 싶었던 것을 만나고
아름다운 추억을 만든다

나이아가라폭포를
멀고 먼 눈길로 상상했는데

지금은 가장 가까이 눈앞에서 바라보고 있다

나이아가라폭포 소리가 담긴
아이스 아메리카노가
폭포의 시원함처럼 가슴을 적셔준다

물안개 속의 숙녀호

나이아가라폭포의 쏟아지는 거대한 물보라를
가장 가까이 보고 체험하려고
배를 타고 폭포 쪽으로 간다

모두 다 흘러넘치는 물을 맞을까
우비를 입고 약간은 긴장한 마음으로
폭포를 향한다

거센 물결로 흔들리는 배
폭포에 가까이 가면 갈수록
얼마나 많은 물이 쏟아져 내리는가를 알 수 있다

쏟아지는 물줄기에 가까이 다가갔을 때
배에도 물이 튀기 시작하자
사람들은 탄성을 지른다

끝없이 떨어지는 물소리가
거세게 들리는 곳이 살아 있는 폭포다
고단한 마음을 폭포에 풀어놓는다

토론토

생동감이 넘치는 활기찬 도시 토론토

퀸스공원에는 주의회의사당이 고풍스럽게 서 있다
토론토대학교도 돌아볼 수 있고 건물이
아름다운 도서관을 만날 수 있다

토론토는 캐나다의 금용은 물론
상업 중심 도시 기능을 하고 있으며
미국과 국경을 이루는 온타리오호수와 맞닿아 있다

캐나다에서 가장 많은 공업 제품을 생산하는 도시이며
토론토 항구는 캐나다에서 수출품을 보내는 기능을 한다

토론토 다운타운에는 높은 빌딩들이 많다
새로운 콘도 건물도 건설하고 있는데
인구가 많아 집값이 비싸다고 한다

토론토는 마냥 걸어도 좋고
커피 한 잔을 마시며 바라보아도 좋은 도시다

토론토 디스틸러리 디스트릭트

토론토 옛 시청 건물은 참 고풍스럽고
아름다워 추억 속에 남기고 싶다

토론토 디스틸러리 디스트릭트는
예전에는 독한 술을 만드는 양조장이었는데
시대에 맞게 새롭게 변화시켜
아름다운 예술 문화 공간으로 만들어놓았다

옛것도 살리고 새로운 것을 추가시켜
독특한 문화를 보여주는 공간이 되었는데
빨간 벽돌 건물이 양조장이었음을 짐작하게 해준다

낡고 초라해 보였던 공간이
사람들이 찾아오는 곳이 되어
생기가 돌고 활기차다

많은 사람들의 발길이 이어지고
거리에는 연인들이 사랑을 약속하며
걸어놓은 자물쇠가 빼곡하게 있다

멕시코 음식 타코를 만들어 파는 가게도 있고
카페를 비롯한 다양한 가게들이 있어
구경하는 재미가 있다

쓸모없는 건물을 쓸모 있게 만드는
장인 정신이 훌륭하다
잊히고 사라질 뻔했던 곳을
추억을 남기는 곳으로 만드는 사람들에게
아낌없는 박수를 보낸다

퀘벡 노트르담대성당

북아메리카에서 가장 멋있고
아름다운 성당이 노트르담대성당이라고 한다

노트르담은 성모 마리아를
표현하는 말이라고 하는데
성당 이름이 왠지 더 성당을
아름답게 만드는 것 같다는 생각이 들었다

성당에는 두 개의 탑이 있는데
왼쪽 탑은 인내를 나타내고
오른쪽 탑은 절제를 표현한다고 한다

두 개의 탑은 그리스도인들이 본받아야 할
삶의 모습을 상징해주고 있었다

성당 안에는 파이프 오르간이 있었는데
그 규모가 대단해
연주를 듣고 싶었지만
연주 시간이 아니라 듣지는 못했다

성당이 아름답고 경건하여
지금이라도 기도를 드리면
금방이라도 하늘로부터 응답이 내려올 것 같은
성스러운 분위기였다

이 아름다운 성당에서 성가를 부르며
미사를 드리는 사람들은
하늘 아래 참 행복한 성도라는 생각을 했다

온타리오호수 천섬

온타리오호수는 크고 넓어
바다 같은 느낌이 들지만 큰 호수다

크고 작은 갖가지 모양의
1800여 개의 섬으로 이루어져
천섬이라고 부른다

섬에는 부자들의 별장이 지어져 있는데
크기도 제각각이다
어느 멋진 별장에 머물며 파티도 하고
낚시로 물고기도 잡았으면 좋겠다

한가롭게 음악을 감상하며
사랑하는 사람과 함께
향 좋은 커피를 마시고 싶다는 생각이
머릿속에 가득해진다

전 세계의 부자들이 찾아와
별장을 짓고 휴가철에 찾아와

안식을 취하며 머물다 떠나는 것이다

천섬을 유람선으로 돌아보고 나니
우리나라 다도해가 눈에 선하다
참으로 아름다운 섬들이다

캐나다 차이나타운

중국 사람들은 세계
어느 곳에서나 살고 있어
자주 만날 수 있는데
캐나다에는 중국인들이 참으로 많다

오래전에 철도 공사 노역자로 오기도 하고
갖가지 사연들로 온 사람들이
지금은 자리를 잡고
대표도 되고 국가기관에서 일도 하고
다양한 곳에서 활동하고 있다

중국인들은 똘똘 뭉쳐서 살기에
그 힘과 영향력이 대단하다고 한다
"뭉치면 살고 흩어지면 죽는다"는 말을
잘 적용하며 이국땅에서
하나가 되어 살아가니 얼마나 대단한 일인가

서로 비판하고 비난하고 손가락질하며 싸워야
남는 것은 상처뿐이다

하나가 된 마음과 힘이 중요한 시대다

우리 교포들도 하나 된 마음으로
서로 협조하고 협력하여
큰 힘을 가진 민족이 되었으면 좋겠다

캐나다 팀 호턴스 커피

팀 호턴스는 캐나다에서 시작된 커피점이다
캐나다 아이스하키 선수가 1964년
자기의 이름을 따서 커피점을 차렸는데
바로 팀 호턴이다

팀 호턴은 안타깝게도
사업 초기에 교통사고로 세상을 떠나
성공하지 못했으나 뒤를 이은 사람들의
열정과 노력으로 지금은 매출이 늘어나고
캐나다인들이 자부심을 갖게 하는
대단히 성공한 기업이 되었다

가격도 저렴하고 커피 맛도 좋아
누구나 좋아하고 사랑하는
캐나다 국민 커피점이 되었다

캐나다 나이아가라폭포를 바라보며
팀 호턴스에서 커피를 마시고 있다
도넛과 함께 커피를 마시면
그 맛이 더 좋아진다

아이스 와인 와이너리

캐나다에서 찾은 아이스 와인 와이너리
포도주에 대해 자세히 설명한 뒤에
관광객들이 시음을 하고
자기가 원하는 포도주를 산다

아이스 와인을 처음 먹어본 사람은
그 맛과 향기를 사랑하게 된다
캐나다의 아이스 와인은 추운 날씨에
만들어져 그 맛이 독특하다

낮과 밤의 기온차가 커서
포도의 당도가 높다
10월 중에는 영하 8도에서 10도 사이
햇볕 없는 밤에 포도를 따서
아이스 와인을 만든다고 한다

포도밭이 참으로 넓고도 넓다
전 세계에서 아이스 와인은
캐나다가 가장 많이 생산한다고 한다

꽃시계

캐나다의 꽃시계는 꼭 들르는
관광 코스 중 하나다

1950년 온타리오 수력발전소 위에
아름다운 꽃시계가 처음 탄생했다

꽃시계의 크기는 12.2미터로
세계에서 가장 큰 꽃시계 중 하나다
많은 사람이 찾아와 기념으로 사진을 남기고 간다

목발과 지팡이로 만들어진
꽃시계의 분침과 시침은
장애인들에게 관심 갖고 사랑하려는
깊은 애정의 마음을 담고 있다

시계 앞 분수에 동전을 던지는데
연말에 모아서 장애인들을 위한
복지사업에 사용한다고 한다

꽃시계는 2만여 송이의 꽃으로 장식되는데
캐나다 원예 학교 학생들이
늘 아름답게 관리하여
여행객들을 만나고 있다

세계에서 제일 작은 교회

캐나다에서 꽃시계를 보고
세계에서 제일 작은 교회를 만났다

누가 이곳에 이 작은 교회를
지어놓았을까
오래전에 왔을 때도 있더니
그 모양 그대로 있다

목사 한 명과 성도 열두 명이면
꽉 차는 교회다
예배도 드린다고 하는데
정말인지 아닌지 실감이 나질 않는다

피아노도 없는 교회
성가대도 없는 교회
작은 건물만 있는 교회

지구상에서
제일 작은 교회를 만났다

들어가 보고 아주 잠깐
기도를 드렸다

"오, 주여! 나를 인도하소서!"

오타와강

캐나다 중동부를 힘차게 흘러가는
아름답고 멋있는 강이 바로 오타와강이다

오타와강은 1271킬로미터를
흘러내리는데 흐르고 흐르면서
아름다운 풍경을 만들 듯
많은 호수를 만들어놓는다

흘러가는 곳에는 독특하고
매력 있고 아름다운 것이 많다

흘러가는 강줄기 따라
마을들이 형성되어 살아간다
강물은 농사를 풍요롭게 만들고
어부에게는 물고기를 제공한다

강가에 사는 사람들은 평화로움을 좋아하고
찬란하게 빛나는 햇빛과
지나가는 계절을 모두 다 사랑한다

강은 다시는 못 올 길을 흘러가면서도
아무런 미련도 망설임도 없이
도도하고 자유롭게 흘러간다

강은 흘러가면서
생명을 살리고 대지를 적시고
아름다운 풍경을 만들어 우리에게 선물해준다

몬트리올 가재 요리

몬트리올에서 저녁 식사로
가재 요리를 먹었다
일인당 한 마리씩 나왔는데
요리를 잘해서 맛이 참 좋았다

일행들도 모두 다 즐겁게 식사를 했다
사는 재미가 먹는 재미라는 말이 실감 났고
요리사가 아주 잘생긴 미남이라서
더욱 맛있게 느껴졌다

나오는 음식이 전부 다 좋았고
후식까지 깔끔하고 맛있게 나와
얼굴값을 한다는 말을
이 식당에서만큼은 실감할 수 있었다

어떤 음식이든지 요리를 잘해서
최상의 음식을 내놓는다면
손님들이 싫어할 수가 없다

누구나 음식점을 하려면
최상의 음식을 만들어 제공하겠다는
마음이 기본으로 되어야
맛깔나는 음식점으로 소문날 수 있다

몬트리올 거리

몬트리올은 캐나다에서
두 번째로 인구가 많은 도시로
오타와강과 세인트로렌스강이
합쳐지는 지점 가까이 있는 도시다

도시에는 흘러간 역사 이야기가 전해지고
오늘을 사는 사람들의 인간적인
이야기들이 만들어지고 전해진다

1976년 세계 올림픽 대회가 열렸던
주경기장이 있는 곳이라
전 세계인들이 잘 알고 있는
아름다운 도시 중 하나다

올드 몬트리올을 걷다 보면
오래된 아름다운 건물들을 만나는 기분이
사랑하는 사람을 만난 듯 좋다

토론토와 전혀 다른 느낌을 주는

매력적인 도시다

시간이 허락된다면

몬트리올 야경을 보라

황홀함을 느낄 수 있을 것이다

퀘벡 가는 길

가을을 불러들이고
가을이면 붉게 물든 단풍과 함께
더욱 아름다워지는 도시가 바로 퀘벡이다

단풍이 들어 저마다의 색깔을 뽐내는
황금색이 가득한 가을에 오기를 원했는데
가을이 입새 가장자리에 조금씩 묻어 있었다

퀘벡 가는 길에서
라발대학교, 시타델 요새를
바라보다 보면 퀘벡이 나온다

퀘벡이란 말은
인디언 말로 해협을 뜻한다고 한다

퀘벡은 바다와 연결되어 있는
아주 고풍스럽고 멋진 항구도시이며
다른 도시와 다르게 프랑스풍 건물이 많은 도시다

퀘벡의 가을은 얼굴만 조금 보았지만
퀘벡을 볼 수 있어서 참 좋아
진한 가을에 다시 오고 싶어
추억의 한편에 그리움으로 남겨놓는다

몽모랑시폭포

퀘벡에 몽모랑시폭포가
자리 잡고 쏟아져 내리고 있다

폭포 가는 길이 출렁거리는 듯한
나무로 되어 있어
약간은 무섭기도 하고 흥미롭고 기대가 되었다

나이아가라폭포를 보고 나서인지
폭포가 작고 별로라는 생각도 들었지만
처음 이 폭포를 먼저 보는 사람들의
느낌과 생각은 전혀 다를 것이다

몽모랑시폭포 나름대로 매력과
아름다움을 갖고 쏟아져 내리며
강으로 흘러 들어가는데
내 생각 속에 바글거리는 것들도
강물로 함께 떠나보낸다

폭포 밑에서 암벽을 타고 오르며

폭포를 감상하는 사람들도 있는데
내려다보는 것만으로도 아찔하다

강으로 흘러가는 물에 햇살이 부딪쳐
반짝거리는 것이 참으로 멋지다

자연숲이 울창해 아름답고
힐링이 되는 멋진 곳이다
폭포를 보고 나니 마음이 한결 가벼워진다

퀘벡 샤토 프롱트낙 호텔

아름다운 성과 같은
퀘벡 샤토 프롱트낙 호텔을 만났다
이 호텔은 세인트로렌스강이 내려다보이는
거대한 성벽처럼 우뚝 서 있다

크나큰 성 같은 웅장한 건물이 호텔이라니
밖에서 보는 것만으로도 황홀한데
투숙하면서 지내는 사람들은 어떤 마음일까

이 호텔을 완성하는 데 100년이 걸렸다고 하니
규모가 얼마나 대단한지 깜짝 놀랄 지경이다

퀘벡에서 가장 아름다운 호텔이라고도 하는데
하룻밤 숙박비가 100만 원 이상이라는
가이드의 얘기에 가슴이 쿵쿵거린다

호텔 창가에서 바라보면
퀘벡과 함께 세인트로렌스강이
아름답게 눈앞에 펼쳐질 것만 같다

지금은 다른 여행 코스로 왔으니
언제가 될지 모르지만 다음을 기약하고 떠난다

아름다운 호텔을 구경할 수 있는 것만도
아주 작은 행복 중 하나일 것이다

로얄광장

어느 나라든지 광장은
그 나라만의 생명의 몸짓이 살아 있는
독특한 분위기를 만든다

광장은 사람들이 모이는 곳으로
축제도 하고 다양한 행사를 하고
자신들의 의사를 표현하는 곳이기도 하다

광장에는 그 나라 그 고장을 대표하는
인물의 동상이 세워져 있기도 하다
로얄광장에는 작고 예쁜 카페와 레스토랑이 많다

로얄광장의 벽화는 참으로 독특하고
아름다워 관광객들이 꼭 사진을 찍는다

어느 나라 광장이든 광장은 이야기를 만들고
서로의 삶을 이어가고 이어주는
살아감의 이야기를 남긴다

가을 정취에 푹 빠진다면
삶 속에서 결코 후회하지 않을
멋진 시간을 여행할 수 있을 것이다

다름광장

퀘벡을 찾아 작은 프랑스라 말하는
고풍스러운 아름다움을 간직한 다름광장을 만났다
올드 퀘벡을 만나볼 수 있다는 말에
다름광장이 있는 어퍼 타운을 찾은 것이다

화가의 거리, 로어 타운을 걸어보는데
세인트로렌스강이 흐르는 모습이 내려다보인다

다름광장에는 고풍스럽고
깨끗한 건물들이 많아
여행을 쉬고 며칠 머물고 싶었다

퀘벡을 처음으로 개척한 샹플랭 동상을 만나
눈인사를 나누고 노천카페를 지나
화가의 거리를 걷는다

처음 만나는 호기심에 기대를 하며
거리를 걷고 산책하는 것은
머릿속에 추억 한 점 남기는

여행이 주는 선물 중 하나다

화가의 거리에는
아름다운 그림을 그려 파는
화가들이 많고 건물들은 동화 속
주인공들이 나올 것 같은
착각을 불러일으킬 정도로 멋지다

올드 퀘벡 케이블카

아주 짧은 시간 동안
케이블카를 타고 내려오면서
세인트로렌스강의 아름다운 경관을
바로 눈앞에서 내려다본다

가을은 형형색색 참 아름답다
메이플이 많이 생산된다는 도시의
고풍스러운 옛 건물들을 바라본다

시간이 더 많다면
거리 곳곳에 걸려 있는 추억을 주워 담으며
도시의 이곳저곳을 천천히 걸으며
오랜 세월 이야기를 담고 있는 건축물들과
지나온 이야기를 듣고 싶다

옛 건물들이 불러일으키는
향수의 힘은 기분 좋을 만큼
가슴을 흔들고 울릴 정도로 대단하다

가을에 젖어 가을 색깔에 물들면
지나간 세월은 추억이 되고
오래된 건물들은 바라보면
매양 진한 그리움을 남긴다

캐나다에서 미국으로 가는 국경

캐나다에서 미국으로 가는 국경 검문소에서
일이 터지고 말았다

대형 버스 기사가 술을 불법으로
소지하고 있던 것이 걸려
차를 움직이지 못하게 되었다

운전기사가 아내에게 주려고
아이스 와인 한 병과 포도주 두 병을 사서
차내 화장실에 몰래 숨겨둔 것이
검문소 직원에게 발각되었다

운전기사는 거액의 벌금과 24시간
운전 금지 명령을 받고 말았다

운전기사는 우리 일행에게 미안하다는 말을
여러 번 했지만 결국 일정이 늦어지고 말아
그곳에서 식사부터 하기로 했다

새로운 차와 새 운전기사는 세 시간 후에야
우리 일행을 태워 호텔로 갔다

사람들은 왜 하지 말아야 할 것을 해서
불행을 자처하는지 궁금할 때가 있다

잠시 잠깐의 실수가 얼마나 많은 사람을
불편하게 만들고
자신도 불행하게 만드는지 알 수 있는 경험이었다

로키산맥 빙하수

푸르른 숲이 아름다운 로키산맥을 찾아
빙하에서 흘러내리는
아주 차갑고 시원한 빙하수를 마신다

한 번 마시면 5년을 더 산다는 말에
연속으로 다섯 잔을 마셨다

정말 25년을 더 살까
입꼬리에 웃음이 생긴다
누구나 은근히 장수를 기대한다

오래만 사는 것이 행복은 아니다
사람답게 살다가 떠나는 것이 진정한 행복이다

로키산맥의 나무들과 풍경을
아름다운 내 마음속 그림 한 장으로
잘 남겨두었다

여행자의 물음

어디서 오셨어요?

무슨 일을 하세요?

여행은 어느 곳에 다니셨어요?

시차는 잘 적응하셨어요?

여행이 어떠세요?

잘 가세요?

여행이 끝나면

숱한 발자국을 남긴 여행이 끝나면
다시 새로운 여행을 꿈꾼다

세상에서 가장 아름다운 풍경들을 만나며
세상에서 가장 행복했던 순간들을 가슴에 담는다

여행처럼 왔다가
여행처럼 떠나가야 할 삶이지만
그 삶의 순간마다
여행을 즐길 수 있는 시간이 마련된 것은
축복이요 기쁨이요 감동일 수밖에 없다

흘러가는 세월은 얼굴과 이마에
끙끙거리고 산 주름을 남기지만
여행은 마음속에 잊지 못할 추억을 남긴다

불의에 타협하는 부끄러운 삶을 살지 말고
떳떳하게 가슴을 펴는 강한 삶을 살자
세월의 가지 끝에 매달려

힘들어만 하지 말고 가슴 아파만 하지 말자

열심히 일하자 좀 더 열심히 살자
열심히 사랑하자
가슴 뜨거운 사랑을 하자
그리고 또 멋지게 여행을 떠나자

여행은 행운의 외출이다
여행을 떠나본 사람만이
여행의 맛과 기분과
기쁨과 행복을 알 수 있다